시니어 신무협 장편소설
ORIENTAL FANTASY STORY & ADVENTURE

일보신권

14

일보신권 14 저물어 가는 시대의 전날

초판 1쇄 인쇄 / 2012년 8월 30일
초판 1쇄 발행 / 2012년 9월 10일

지은이 / 시니어

발행인 / 오영배
편집팀장 / 권용범
책임편집 / 편집부
펴낸 곳 / (주)삼양출판사 · 드림북스

주소 / 서울특별시 강북구 송천동 322-10호
대표 전화 / 02-980-2112 팩스 / 02-983-0660
편집부 전화 / 02-980-2116 팩스 / 02-983-8201
블로그 / blog.naver.com/dreambookss

등록번호 / 제9-00046호
등록일자 / 1999년 3월 11일

ⓒ 시니어, 2012

값 8,000원

(주)삼양출판사 · 드림북스의 서면 허락 없이는 어떠한
형태나 수단으로도 이 책의 내용을 이용하지 못합니다.
ISBN 978-89-542-4114-4 (04810) / 978-89-542-3281-4 (세트)

* 지은이와 협의하에 인지는 생략합니다.
* 잘못된 책은 구입한 곳에서 바꾸어 드립니다.

시니어 신무협 장편소설
ORIENTAL FANTASY STORY & ADVENTURE

일보신권 14

저물어 가는 시대의 전날

dream books
드림북스

일보신권

목차

제1장 두통 *007*

제2장 대책 *051*

제3장 앞으로 일년 *086*

제4장 마해 곽모수 *133*

제5장 드러나는 비화들 *169*

제6장 장건과 원호의 비무 *211*

제7장 비은의 의미 *251*

제**1**장

두통

술에 취한 이들은 비슷한 말을 한다.
'나 안 취했어!'
대부분의 경우 거짓말이라고는 할 수 없다. 그 당시에는 멀쩡하니까.
혀가 꼬여서 '발음이 왜 이리 안 되지?'라고 이상하게 생각하면서도 멀쩡히 말을 하고 행동도 한다. 술에 취하지 않았다고 큰소리를 탕탕 치는 이도 있다.
다만, 자고 나면 기억을 못 할 뿐이다.
그렇다.
당시에는 정상적으로 사고하고 행동하더라도 이튿날에는 까마득히 잊는 것이다.

유형도 여러 가지다.

부분적으로 기억하는 사람도 있고 사실과 다르게 기억하는 사람도 있다.

장건도 그중 한 명이었다.

우선 잠에서 깨어난 장건은 제일 먼저 두통을 맞이했다.

당연히 머리가 왜 아픈지 몰랐다.

"어우, 머리 아파. 왜 이렇게 지끈지끈거리지?"

쿡쿡 쑤시는 것도 아니고 뭔가 말로 표현하기 어려운 찝찝한 통증이었다. 머리에 뾰족한 돌들이 굴러다니는 그런 느낌이다.

가만히 있으면 머리의 찝찝한 통증이 좌우로 굴러다녀서 몸까지 쏠리는 해괴한 현상이 일어났다.

그리고 뺨도 얼얼했다.

꼭 어딘가 단단한 데 부딪친 것처럼 살짝 부어 있었다.

"이상하네……."

장건이 겨우 눈을 떠 보니 흐릿하게 둥그런 것들이 보였다.

"어?"

몇 번 눈을 깜박여 정신을 차려 보니 다 아는 얼굴들이다.

백리연, 제갈영, 그리고 양소은이 자신을 내려다보고 있었다.

"……?"

그런데 쳐다보는 표정이 참으로 희한하다.

뭐랄까. 마치 말을 잃어서 무슨 단어를 처음 내야 할까를 고민하는 듯한 그런 얼굴이었다.

장건은 떨떠름한 얼굴로 물었다.

"끄응…… 무슨 일 있어요?"

그 물음에 대답한 것은 세 소녀들이 아니었다.

"그놈 일어났냐!"

벌컥 하고 문을 박차듯 오황이 뛰어 들어왔다. 문밖에서 잔뜩 신경을 곤두세우고 있다가 급히 뛰어든 듯했다.

열린 문으로 보니 밖이 컴컴하다. 하루가 꼬박 지나 밤이 된 모양이었다.

백리연이 말했다.

"잠깐만요, 어르신. 이제 막 일어났어요. 조금만 기다려 주세요."

"끄응!"

오황이 콧김을 어찌나 세게 내뿜는지 수염이 팔랑거렸다.

장건은 무슨 일인지 몰라 어리둥절했다. 하지만 자리에 누워 있는 상황이라 마냥 누워서 궁금해할 수는 없었다.

'일단 일어나야지.'

장건은 지끈거리는 머리 때문에 눈을 찡그리며 침상을 짚고 허리를 일으켰다.

동시에.

'앗!'

'헛?'

백리연들과 오황은 보이지 않는 탄성의 소리를 내질렀다.

자리에서 일어나는 데 장건이 손을 썼다!

장건은 일어날 때에도 절대 손을 쓰지 않는다. 갑자기 통하고 튕기듯 일어나는데, 넘어진 고목이 저 혼자 일어나는 듯한 그런 동작이었다.

한데 지금은 다소 딱딱하긴 하지만 그래도 평범하게 손을 짚고 다리를 구부려서 일어난 것이었다!

이렇게 되면 술을 먹인 게 나름 효과가 있었던 셈인가?

네 사람은 기대에 들떴다.

"우웅……?"

장건은 이불을 치우고 반쯤 일어선 채로 돌연 멈추었다.

"이상한데?"

네 사람이 응원했다.

'이상하지 않아!'

'그대로 일어나!'

장건은 엉거주춤 일어서다 만 채로 고개를 몇 번 갸웃거린다. 표정이 굉장히 언짢아 보인다.

"이게 아닌데."

장건은 다소곳이 다시 누웠다.

네 사람은 소리를 치고 싶었다.

'그게 맞는데!'

'그렇다고 다시 눕냐!'

하지만 장건은 네 사람의 기대를 모두 저버리고 완전히 누웠다가 순식간에 벌떡 일어섰다. 예의 쓰러진 나무를 다시 일으킨 것처럼.

장건의 표정은 별로 밝아지지 않았다. 평소처럼 잘되지 않아서였다.

그러나 남들이 보기엔 그게 그거였다.

네 사람의 표정은 떫은 감을 씹은 듯했다.

"머리 아파, 휴······."

장건은 일어나서는 잠깐 기우뚱했다. 입을 열 때마다 술 냄새가 물씬 풍겼다.

오황이 징글징글하다는 얼굴로 말했다.

"얘기 좀 하게 나와라. 방 안에 있다간 내 코가 썩겠다."

오황이 먼저 방을 나갔다.

장건은 오황을 따라 나가려다가 잠자리를 쳐다보았다. 잔뜩 흐트러진 이불을 보고 희한하다는 표정이었다. 평소에 잘 때도 반듯해서 꼭 시체처럼 자던 장건이다.

장건은 술기운이 아직 남아 어지러운 채로 이불을 집어 들었다.

펄럭.

한 번, 두 번······ 잘되지 않는지 약간 볼을 부풀리고 다시 펄럭였다.

술이 덜 깬 게 분명한데 손놀림이 장난이 아니다. 어깨 한 번 들썩이지도 않고 손만 휙 하고 움직이는데 공중에서 이불이 착착 접힌다.

지켜보는 이들로서는 도대체 뭐가 잘못되어 몇 번을 개는지 알 수가 없을 지경이었다.

대여섯 번을 펄럭인 끝에 그나마 조금 만족했는지 장건은 이불 개기를 멈추었다. 착착 접은 이불을 침상 위에 가지런히 놓고는 곧 방문 밖으로 나갔다.

그 모습들을 지켜본 세 소녀들은 누가 먼저랄 것도 없이 긴 한숨을 내쉬고 말았다.

* * *

"휴우!"
장건은 마당으로 나와 크게 심호흡을 했다.
서서히 정신이 깨어나는 느낌이 들었다.
"이리 와 봐라."
오황이 마당 한편의 나무 둥치에 걸터앉아 장건을 불렀다.
스륵.
장건은 미끄러지듯 오황의 앞에 가 섰다.
"끙, 머리 아파……."
오황이 술 냄새에 얼굴을 찡그리고 물었다.

"너 어제 무슨 일 있었는지 기억은 나냐?"

장건은 생각해 보았다. 하지만 어느 시점부터 마치 뿌연 안개가 머릿속을 잠식한 것처럼 잘 기억이 나지 않았다.

"어라, 기억이 잘 안 나요. 왜 그러죠?"

"그냥 어디까지 기억나는지나 얘기해 봐."

"어, 그러니까…… 음……."

장건이 곰곰이 기억을 되짚어 가면서 말했다.

"오황 할아버지가 저한테 지풍을 쏜 건 확실히 기억나구요……."

장건이 처음 곡차를 마시고 취해 버렸다가 순식간에 다시 깬 후의 일이었다. 그때 오황은 지풍을 두 번 날렸는데, 두 번째에 장건은 말짱하게 깨 있었다.

"또?"

"중간에 갑자기 화가 나서였나? 내공을 쓴 것 같은 기억이 있는데…… 그담에 무슨 노래를 부른 것 같은 생각도 나구요, 아닌가? 내가 왜 노래를 불렀지?"

노래가 아니고 시를 읊었다. 장건은 불경을 외었고.

"또?"

"어…… 그리고 왠지 한참 어디론가로 갔다가……."

마을을 내려간 얘기다.

"그리고?"

"으음…… 누군진 모르겠는데 사람들하고 얘기한 것도 같고…… 무를 막 신나게 뽑아 던진…… 어라? 무가 아니었던가? 뭐였지?"

"무를 뽑아서 어떻게 했는데?"

"그냥 던졌어요."

오황은 '무가 아니고 도독부의 병사들이었겠지.' 하고 말이 튀어나오는 걸 겨우 참았다.

도독부에서 들었으면 자존심이 상해서 얼굴이 붉으락푸르락해졌을 터였다. 도독부의 정예병들을 무 정도의 존재로밖에 느끼지 않고 있다니!

"아!"

짝.

장건은 손뼉을 쳤다가, 자신이 왜 손뼉을 쳤는지 영문을 모르겠다는 얼굴로 말했다.

"누가 무당 어쩌구 하면서 저한테 망가진…… 이상한 뭘 던진 거 같아요."

장건은 심지어 순서까지도 헷갈려하고 있었다. 무당 어쩌구 한 건 그 일이 다 지난 후였다.

상달에게 상세한 얘기를 두 번 세 번씩 들은 터라 오황은 그저 한숨만 내쉴 뿐이었다.

"망가진 건 뭐냐?"

"배배 꼬여 있는 거라서 뭔지는 모르겠는데 막 뒤틀려 있고 그러면 망가진 거 아닌가요?"

"아아, 그러냐? 그 망가진 게 쌍봉우사의 단봉이었을 거다."

혹은 쌍봉우사 자체였거나.

"쌍봉우사요? 왠지 들어 본 것도 같은데······."

"그럼 도독부니 뭐니 하나도 기억 안 난다는 뜻이겠구나?"

"안 나는데요. 도독부요?"

당당한 대답이었으나 대답을 하고 나서야 '이게 아닌데?' 하고 고개를 갸웃거리는 장건이었다.

오황은 쯧쯧 하고 혀를 찼다.

"잘났다."

"근데 아침부터 왜 그러세요?"

"아침일 거 같지?"

"네?"

장건이 말을 하고 보니 주위가 컴컴했다.

"아니, 그럼 이 밤에 왜 그러세요? 그러고 보니까 저도 물어볼 거 있어요."

"뭔데?"

"제가 어제 마신 게 곡차가 아니고 술이었어요?"

"술이 곡차다. 그렇게 부르는 거야."

"에엣!"

장건이 믿지 못하겠다는 얼굴로 되물었다.

"그게 정말이었어요? 저 그거 공양······ 아차, 이 말은 하지

두통 17

않기로 했는데."

"약으로도 쓰고 요리를 할 때도 쓰니까 어디든 있을 수도 있지. 그게 중요한 게 아니고…… 그 얘긴 어서 들었냐?"

"글쎄요? 어디서 들었지?"

장건이 머리를 긁적이다가 멈추고 자기 손을 내려다보았다.

진짜 이상한 일이었다.

"왜 내가 손으로 긁고 있지? 기의 가닥을 놔두고?"

그러더니 얼굴을 찌푸리기 시작한다. 약간 몸을 움찔하는데 어깨를 움츠리는 듯하다.

파르르르.

장건의 얼굴이 잘게 떨렸다.

오황이 물었다.

"왜 그러냐?"

"속이 좀…… 갑자기 머리가 어지…… 웁!"

장건은 황급히 마당 끝으로 뛰어갔다. 그러고는 풀숲까지 뛰어 들어가서는 구토를 하기 시작했다.

"우웨엑!"

오황은 어이가 없어서 '허허' 하고 웃었다.

막 차를 가져온 백리연과 양소은, 제갈영은 장건이 토하는 모습을 보고 깜짝 놀라 달려왔다.

"장 소협이 무슨 일이래요?"

"오라버니가 지금 토하고 있는 거예요?"

믿을 수가 없는 일이었다.

다들 눈이 휘둥그레졌다.

장건이 어떤 사람인가! 토할 것 같아도 '기껏 먹은 걸 왜 토해요?'라면서 삼켜야 정상인 게 장건인데!

특히나 제갈영은 장건이 '아깝네.'라면서 토한 걸 다시 주워 먹는 상상을 하고는 얼굴이 핼쑥해졌다. 그런 상상은 아예 하지도 않는 게 정신적으로도 좋을 것 같았다.

"어떻게 저럴 수가 있지?"

오황이 대답했다.

"뭐가 어떻게 저럴 수가 있냐. 숙취는 다 똑같지."

"수, 숙취요?"

무인이라고 숙취가 없는 건 아니었다. 보통 사람보다 술에 강한 편이긴 하지만 대놓고 만취해 버리면 어쩔 수 없다. 이튿날 숙취가 있는 건 마찬가지다. 단지 그걸 해결하는 게 보통 사람과 다를 뿐인 것이다.

어쨌든 장건의 경우는 보통 사람들은 물론이고 일반적인 무인들과도 좀 다르지 않은가.

백리연이 여전히 믿지 못하는 얼굴로 중얼거렸다.

"독정까지 지닌 장 소협이 어떻게 숙취가 있을 수 있죠?"

몸에 해를 끼치는 독물에 대한 저항력이 극도로 높은 장건에게는 이른바 주독(酒毒)이라는 것도 소용없어야 정상인 것이다.

오황은 잠시 생각하다가 말했다.

"드디어 놈이 혼돈(混沌)에 들어섰기 때문인 것도 같고……"

"네에?"

세 소녀들이 귀를 쫑긋 세웠다.

오황은 장건이 반박귀진의 전 단계 즈음에 들어섰다고 했다.

질서를 경험한 무인이 다시 한 번 상위의 경지로 향하기 위해서는 질서를 통해 혼돈을 이해해야 한다고 했다.

따라서 장건이 혼돈에 들어섰다는 것은 조금이나마 평범에 가까워지고 있다는 뜻이기도 한 것이다.

"그렇다면!"

놀란 것도 잠시.

세 소녀들은 눈을 빛냈다.

"성공한 거군요! 이제 정상인으로 돌아오는 건가요?"

"그럼 우리도 앞으로의 생활이!"

"꺄아— 나의 새끼손톱을 지킬 수 있게 되었어!"

너무나 반가워하는 세 소녀들이었다.

오황이 왠지 찜찜한 얼굴로 대답했다.

"물론 의도한 대로 되긴 한 거다만……"

그때 갑자기 제갈영이 휙 하니 몸을 돌렸다.

그러고는 우다다다 달려서 부엌을 향한다.

백리연과 양소은은 제갈영이 갑자기 왜 저러나 하고 서로 마주 보았다. 왜 제갈영이 부엌을 향해 달려가는지 이해할 수 없었다.

"야, 꼬마야. 어딜 가냐?"

양소은의 말에 제갈영이 달려가다 말고 잠깐 서서 둘을 보며 의기양양하게 말했다.

"흥! 현모양처는 자기의 안위보다는 낭군을 생각해야 하는 법! 그러니까 너네…… 아니, 언니들은 첩밖에 될 수 없는 거야."

"우리들의 안위보다 낭군을 생각하라고?"

"부엌에 뭐가 있길래?"

제갈영은 둘의 얘기를 듣고 순간 아차 싶었는지 급하게 돌아섰다.

"아무, 아무것도 아냐!"

양소은과 백리연도 눈치가 있었다.

"아까 쟤 흙투성이가 돼서 어디 다녀오지 않았어?"

"네. 그랬던 것 같아요."

그게 신랑 어쩌구저쩌구와 무슨 관계가 있을까?

"술…… 낭군……."

문득 양소은은 진절머리가 나는 목소리를 떠올려 냈다.

―야, 이년아! 시원하게 고기 팍팍 넣고 탕 좀 끓여 와 봐!

두통 21

애비 죽겠다. 아이고, 머리야.

진탕 술을 퍼마신 이튿날 고래고래 고함을 지르던 부친 양지득의 목소리였다. 가볍게 운기조식이라도 하든가, 양지득은 꼭 술 먹은 이튿날 해장탕을 먹어야 한다고 우겼다.

그게 기껏 먹은 술에 대한 예의라나…….

백리연도 생각해 냈다.

—어머? 이게 뭐예요?

—백리 소저를 위한 저희의 마음입니다, 헤헤.

잔치라도 있어 가볍게 한잔하고 나면 그 이튿날 수많은 청년들이 각종 해장식을 들고 백리가의 장원을 찾아왔었다. 그중에서 백리연이 가장 즐겨 먹던 것은 잉어탕이었다.

두 사람은 동시에 깨달았다.

"아!"

"그렇군!"

그제야 제갈영이 무엇을 하려는지 알게 된 두 사람이었다.

"흥, 영악한 꼬마 녀석인걸?"

재료라면 아직 충분히 남아 있었다. 뭔가를 만들 줄 아느냐, 요리를 잘하느냐 마느냐는 중요하지 않았다. 어차피 술도 덜 깬 사람이 무슨 입맛이 있겠는가.

하지만 원하는 재료를 쉽게 얻을 수 있느냐는 좀 다른 문제였다.

이를테면 경쟁자가 있다거나 하는 식이라면.

"응?"

양소은과 백리연은 시선이 마주치자 흠칫 놀랐다. 같은 생각을 하고 있다는 걸 깨달은 것이다.

슬슬 눈치를 보던 양소은이 별안간 손을 뻗었다.

"에잇!"

휙!

갑작스레 양소은이 백리연의 소매를 금나수로 낚아챘다.

부친 양지득과 늘 드잡이질을 해 왔기에 금나수가 예사롭지 않았다. 검지와 중지로 백리연의 소매를 꽉 틀어쥐고는 빠져나가지 못하도록 두 바퀴를 돌려 단단하게 감기까지 했다.

도저히 백리연이 피할 수 있는 수법이 아니었다. 워낙 하늘거리고 늘어지는 소매가 달린 옷을 입은 백리연이라 벗어날 수 없을 듯 보였다. 양소은은 그렇게 백리연을 제압하여 혈이라도 짚으려는 생각이었다.

그러나 백리연은 오히려 저항도 하지 않고 양소은을 보며 여유만만하게 미소 지었다. 양소은이 뭔가 불길하다고 생각하며 손을 당기는 찰나, 틱! 소리와 함께 백리연의 어깨부터 소매가 뜯겨 나갔다.

"어!"

당기는 힘에 의해 찢어진 게 아니었다. 원래부터 소매가 없는 옷인 것처럼 깨끗하게 잘려 있었다. 그저 실밥 한두 땀으로 겨우 이어져 있던 상태였다고 해야 할까?

생각지도 못한 일에 양소은이 완전히 중심을 잃고 휘청거렸다.

그사이에 백리연이 양소은의 어깨를 장으로 때렸다.

팍.

양소은이 뒤로 엉덩방아를 찧으며 주저앉았다. 혈도가 점혈되지는 않았지만 충격을 받아서 바로 일어설 수가 없었다.

백리연은 한쪽 팔의 소매를 휘날리며 민소매가 된 가느다랗고 하얀 팔을 들어 입가로 가져갔다.

"오호호! 언젠가 이런 일이 있을 줄 알았죠. 눈에 빤히 보이는 건 약점이 아니라 함정이라는 걸 깨닫길 바라요."

"뭐, 뭐야. 너 언제부터 이런······."

"만약이란 게 있으니까. 내가 언니를 무공으로는 이길 수 없잖아요."

양소은은 멍해졌다. 백리연이 '호호호!' 하고 웃으면서 주방으로 달려가는 모습을 보면서도 막지 못했다.

"하, 하하······ 저, 지독한 게 그동안 차를 타 주니 뭐니 하면서 친한 척 굴었던 게 다 연기였던 거야?"

그러나 따질 백리연은 벌써 부엌으로 들어간 후였다. 제갈영과 시비가 붙었는지 고성과 우당탕거리는 소리가 들려오고 있었다.

"이것들이······."

양소은은 벌떡 일어났다. 엉덩이를 털 틈도 없이 부엌으로 달려야 했다.

세 소녀들의 투닥거림을 보던 오황이 '허허' 하고 허탈하게 웃었다.

"아니, 이놈들아. 지금 그게 문제가 아니라……."

하지만 오황은 곧 입을 다물었다.

왠지 더 얘기해 봐야 세 소녀들에게는 소용없을 것 같았다. 사실 그 모습이 좋아 보이기도 하고 조금은 부럽기도 했다.

오황은 괜히 어색해져서 웃었다.

무엇이든 자연스러워야 한다는 오황조차 자연스럽지 못한 일을 하고 있는 게 하나 있다.

바로 가정을 이루지 못하고 있다는 점이었다.

승려도 아니고 도사도 아닌데 남들 다 꾸리는 가정을 못 꾸리고 있으니 여간 부끄러운 일이 아닐 수 없었다.

젊은 시절엔 많은 여자를 만나 보긴 했으나 말 그대로 잠시였다. 어떤 여자도 그를 제대로 이해해 주지 못했다. 결국 오황은 혼자 사는 게 자연스러워져 버렸다.

가정을 꾸리고 싶지 않았던 게 아니라 그의 괴팍한 성정 때문이었던 것이다.

"에이 망할. 이제 생각해 보니 난 술 먹은 이튿날에 꿀물 한 번 타 주는 여자도 없었구나."

상달이 왜 그렇게 장건을 부러워하는지도 이해할 수 있을 것 같았다.

상달 생각을 하니 괜히 또 화가 났다.

"그나저나 상달 이놈은 또 어디서 땡땡이를 치느라 이렇게 안 오는 거야? 오기만 해 봐, 그냥 확!"

오황은 애꿎은 상달을 욕하며 투덜거렸다.

얼마 지나지 않아 상달이 돌아왔다.

돌아왔다고 대충 고개만 까딱거리는 꼴을 보면서 오황이 눈을 부라렸다.

"이놈아, 어떻게 됐냐?"

상달은 동태를 살피기 위해 마을에 다녀온 터였다.

"도독부에서 난리가 난 거 같던데요. 마을에 탐문하고 다니는 관원들이 한둘이 아니더라고요. 검문소도 몇 개나 설치됐구요."

"쯧쯧."

혀를 찬 오황이 물었다.

"그러게 왜 애 하나를 간수 못 해서 사태가 이 지경이 되도록 만드냐. 거기다 대고 원시천존! 이러면서 튀면, 걔들이 '아, 저놈 무당 말코도사로구나. 이건 다 무당의 짓이다.' 그럴 거 같다? 너 같으면 믿겠니?"

"아뇨."

"그리고 또 걔들이 무당 말코로 보면 어쩔 거야? 그게 더 큰일이겠다. 하여간 생각이 없어요, 생각이."

"근데 그땐 그렇게라도 안 하면 장 소협을 빼내 올 수도 없었다니까요?"

"그래서 소림 앞마당에 관원들이 바글거리게 만들었어? 마, 좀 있으면 소림의 대행사인 진산식인데 분위기 흉흉해서 누가 오겠냐? 거, 남의 행사를 다 망치게 생겼으니 어쩔 거야?"

"아, 어차피 진산식에 올 사람들도 없는데 관원 좀 있으나 마나 뭔 상관이래요? 듣자 하니 어차피 다른 문파에서는 거의 안 올 것 같다면서요."

"에잉, 말이나 못하면 밉지나 않지."

"그러니까 그게 제 탓이냐구요오! 전 최선을 다했습니다."

"됐다, 됐으니까 짐이나 싸라. 장가 녀석은 소림을 벗어난 적이 없다 하니 얼굴을 알아본 사람이 없겠지만, 넌 하도 싸돌아다녀서 기억하는 사람들이 좀 있을 거다. 짐 싸 놓고 있다가 좀 조용해지면 튀어."

상달은 나이에 어울리지 않게 볼을 잔뜩 부풀리고는 입을 삐죽 내밀었다.

"어쭈? 저 방정맞게 튀어나온 입 봐라? 입을 그냥 확 뽑아 버려?"

"남의 입이 무슨 잘못이라고……."

오황이 눈을 부라리자 상달이 꽁한 얼굴로 고개를 돌렸다.

마침 세 소녀들이 분주하게 부엌을 드나들고 있는 장면이 눈에 들어왔다.

"자아, 속풀이에 좋은 사천 잉어탕이에요."

"모르는 소리! 해장에는 푹 끓인 광동식 우육탕이 최고야."

"흥, 우리 할아버지는 술을 드신 담날에 꼭 이 칡차를 드셨어. 내가 직접 캐 온 거야."

해장에 좋다는 음식들이 세 소녀의 손에 들려 나오는 중이었다.

하지만 대부분이 정체가 의심되는 요상한 음식들이었다.

백리연의 잉어탕은 멀리에까지 비린내가 펄펄 풍기는데 허연 김이 나는 그릇에 잉어인지 알 수 없는 생선 한 마리가 통째로 입수해 있었고, 양소은의 우육탕은 얼마나 끓이고 휘저었는지 형체를 알아볼 수 없는 건더기들이 떠다녀서 보기만 해도 역겨웠다.

그나마 제갈영의 칡차만이 별다른 부담감 없이 먹을 수 있는 모양새였다.

그것을 보는 장건의 얼굴에서는 웃음기가 사라져 있었다.

남은 재료를 버리지 않고 재활용해 만들었다는 면에서는 매우 기쁜 일이었으나, 차라리 본재료 그대로를 먹는 것만도 못한 상태의 음식들을 보니 먹을 수 있는 것인지부터 고민을 할 수밖에 없었다.

차라리 생으로 먹으라면 먹을 수 있을 것 같았으나, 세 소녀의 부담스러운 눈빛을 외면하기는 힘들었다.

장건은 잠시 고민하다가 칡차를 먼저 선택했다. 양소은과 백리연이 분한 얼굴을 했다.

칡차를 찻잔에 따르자 잘 달여진 맑은 갈색의 차가 우러났다. 장건이 한 모금을 마셨다.

제갈영이 눈을 초롱거리고 빛냈다.

"어때?"

"글쎄…… 아직."

"별로야?"

"그런 건 아닌데…… 왠지 예전에 집에서 먹어 봤던 칡차와는 좀 맛이 다른…… 아작…… 거 같아. 그냥 나무를 씹는 맛인 것도 같고…… 아작."

"……근데 왜 자꾸 아작아작 소리가 나?"

"몰라, 뭐가 흙 같은 게 씹히는데…… 아작."

"이상하다아."

제갈영은 고개를 갸웃거리고 장건의 눈은 점점 더 퀭해져만 갔다. 그런 장건의 앞에 요상한 요리 두 개가 더 내밀어졌다…….

"이제 이것도 먹어 봐!"

"으, 응"

멀리서 이를 지켜보던 상달은 몸서리를 쳤다.

"우우……."

오황이 물었다.
"왜? 부럽냐?"
"칡이랍시고 나무뿌리 삶은 물을 먹이는 게 부러울 거 같아요?"
"클클클."
상달이 킁 하고 콧방귀를 뀌었다.
"아니, 저 소저분들은 걱정도 안 되나? 같이 짐 싸서 나가야 할 판국에 소꿉놀이나 하고 있어."
"냅둬."
"냅두긴요. 상황이 얼마나 심각한지 전혀 모르는 거 아닙니까?"
"알아."
"네?"
"안다고."
"모르는 거 같은데요?"
"안다니까? 저 녀석이 일어나기 전에 셋이 머리를 맞대고 끙끙대면서 궁리를 하더라고. 그래도 명가에서 태어난 애들이라 그런지 상황 판단은 빠르더구나."
"아는 사람들이 저래요?"
"상달아, 너는 임마 그래서 안 되는 거야."
"제가 뭐요."
"남편이 아프다고 끙끙대는데 거기다 대고 이러면 안 되네

저러면 안 되네 큰일 났네 그러면 말을 콧구멍으로라도 들어먹을 거 같냐? 좀 진정이 되고 얘기를 해야지. 머리도 안 돌아가는 놈한테 뭘 바라고 얘기를 해."

"지금 남편이고 나발이고 그런 게 문젭니까? 사십만 병사들이 당장 군마를 끌고 달려오게 생겼는데요! 그냥 찬물 한 바가지를 확 끼얹어 가지고 달달 볶아서 일을 해결하게 만들어야죠."

"아주 그냥 못된 마누라의 표상 같은 놈이구만, 쯧쯧."

"저더러 시집오라는 사람도 없는데 뭐 어떻습니까?"

"있을까 봐 겁난다."

"걱정 안 해 주셔도 오라면 갑니다."

"헤! 가지 말라니까? 남자 놈이 무슨 시집을 가? 내가 말을 꺼냈지만 참으로 망측하구나."

"제가 지금 시집이고 장가고 따질 때가 아니걸랑요. 갈 데 없으면 시집이라도 갈 겁니다."

"에라이, 미친놈아. 그걸 농담이라고 하냐."

참다못한 오황이 상달의 엉덩이를 걷어찼다.

뻥!

바닥을 데굴데굴 구르면서 상달이 외쳤다.

"저도 미녀들이 저를 쫓아다녀 줬으면 좋겠다구요! 부러운데 어떡합니까?"

"미녀들이 끓여 준 목근(木根)차는?"

"그건 좀……."

"내장 손질도 안 하고 한나절 내버려 뒀다가 상한 잉어로 만든 탕은?"

"그것도 좀……."

"손질하고 남은 돼지, 닭, 소의 찌꺼기를 모아 만든 우육탕은?"

"우욱!"

"어이구! 그런 건 다 싫으면서 미녀는 좋냐?"

오황이 답답하다고 가슴을 치며 호통을 쳤다.

"임마! 누구는 자나 깨나 무공을 익히니까 여자가 꼬이는데 네놈은 여자 꽁무니나 쫓아다니니까 오히려 여자가 달아나는 거야. 봐라, 저 지독한 놈은 술을 처마시고도 오히려 무공이 진보하는 걸."

상달이 문득 생각나 물었다.

"응? 술을 마시고도 무공이 늘었다고요?"

"그래."

"어라? 그러고 보니 어제 장 소협이 취하고 나서 좀 희한한 신법을 쓰는 거 같던데요. 그게 뭐였더라……."

"취팔선보."

"아! 맞다. 취팔선보!"

상달이 손뼉을 쳤다. 그리고 다시 의문을 떠올렸다.

"근데 취팔선보는 개방의 신공 중에서도 더럽게 어려워서 몇 펼치는 이가 없다고 소문이 자자한데, 어떻게 장 소협이 그걸 펼친답니까? 그것도 잔뜩 취해서요."

"취팔선보는 무림사에 몇 안 되는 괴공 중의 하나니까."

순간적으로 상달은 괴상한 장건이니까 괴공을 익힌 게 당연하지, 하고 자연스럽게 이해할 뻔했다. 하지만 오황 역시 그런 의미로 말한 게 틀림없었다.

오황이 말을 계속했다.

"그게 하도 어렵다 보니 펼치는 이가 드물어서 잘 모르는데, 원래 취해야 제대로 펼칠 수 있는 희한한 보법이거든."

"하지만 취하면 내공을 운용하기가 어렵잖아요?"

"취팔선보의 짝으로 후량심공(酗亮心功)이라는 게 있어. 취해 있는 상태에서도 안정적으로 내공을 운용하는 심법이야. 술은 술대로 취해 있는데 몸은 멀쩡한, 아주 부자연스럽기 짝이 없는 심법이지."

상달이 의심의 눈초리를 했다.

"장 소협이 소림의 심법이 아니라 개방의 심법을 배웠다는 건 이상한데요."

"저놈이 그걸 알 리가 있겠냐? 제아무리 홍오라도 남의 비전 심법을 어떻게 빼돌려."

"그럼 장 소협은 어떻게 한 건데요?"

"술김에 그냥 했겠지. 원체 부자연스러운 놈이니까 취팔선보를 하면서 그냥 비스무리하게 운공을 했을 거야. 나한텐

두통 33

부자연스러운데 놈한테는 그게 자연스러운 일이거든."

"에이, 심법을 이것저것 마음대로 하는 사람이 어디 있습니까. 말이 안……."

오황이 무표정한 얼굴로 상달의 말을 끊었다.

"홍오가 추구하던 게 그런 류야. 그리고 저놈은 홍오보다 더 무서운 놈이고."

"그러네요. 제가 저분이 장 소협이라는 걸 깜박했네요. 그러니까 쌍봉우사를 일수로 날렸겠죠, 네."

"그렇지, 쌍봉우사면 그래도 예전엔 고수라고 얘기 듣던 친군데 아무리 한물갔어도 만취한 꼬마한테 한 방에 나가떨어질 건 아니거든."

"자존심이 많이 상했겠네요. 화도 좀 나고."

"쌍봉우사보다 도독이 더 화났겠지. 완전히 도독부의 체면이 주저앉았는데."

"역모죄라고 소리를 지르던데요."

"그랬겠지. 아마 전 중원을 다 뒤져서라도 찾아내려 할 거야."

"저도요?"

"너도."

"그렇군요."

상달이 고개를 끄덕이면서 걸음을 옮겼다.

"어디 가냐?"

"짐 싸러요."

"이제야 네가 철이 들었구나. 이왕 싸는 김에 내 것도 좀 싸라."

"스승님은 진산식에 초청받으셨잖아요."

"……."

"사람이 신의 없게 자기 한 몸 홀랑 챙기고 그러는 거 아닙니다."

"다른 사람도 아니고 네놈이 그러니까 아주 아아주 아아아주! 부자연스럽구나?"

"에이, 그럴 리가요. 스승님의 착각이십니다."

"이 스승은 말이다…… 네가…… 간만에…… 염라대왕님과 인사를 나누려는 것으로 보이는구나? 그게 자연스럽겠지?"

오황이 주먹을 부들부들 떨자 상달이 달아나려는 자세를 취했다.

그때 또다시 우엑우엑 하고 구역질하는 소리가 들려왔다.

"아우…… 머리가 지끈거려!"

장건이 끙끙대는 소리도 들려온다.

술이 덜 깨 비위가 약해진 건지, 아니면 먹지 못할 것을 먹은 탓인지…… 어쨌거나 장건은 계속해서 구역질을 하고 있었다.

음식이야 그렇다 쳐도 어지간한 무인이라면 정신을 차리고 나서 숙취도 빨리 깨는 법인데, 장건은 그것도 아니고 뭔가 이상하다.

상달과 오황은 동시에 혀를 찼다.

천하의 오황도 골치가 아픈지 미간이 잔뜩 찌푸려져 있다.

"술 마시고 사고를 칠 수는 있지. 그건 자연스러운데, 결과는 뭐가 이렇게 부자연스럽냐······."

과연 장건은 자신이 저지른 일을 알게 되면 어떤 반응을 보이게 될까?

그리고 소림에서는?

상달은 고개를 휘휘 내저었다.

원래 술 먹고 치는 사고는 수습하기 어려운 법이었다.

그때.

꽝!

마당 한쪽 끝에서 폭발음이 울렸다.

"이건 또 무슨 소리야?"

상달과 오황은 또다시 불안함에 휩싸였다.

* * *

산중이라 늦지 않은 밤인데도 앞이 잘 보이지 않을 정도로 어둠이 내려앉아 있었다.

소림사에서 무진이 세 소녀와 장건이 기거하고 있는 오두막으로 내려왔다. 아직 잠이 든 이는 한 명도 없었다.

마당에 나와 있는 오황을 보고 무진이 반장을 했다.

"나무아미타불, 오랜만에 뵙습니다."

"오오, 누가 오나 했더니 자네였구만. 그동안 잘 지냈는가. 아니, 기도가 훤해지긴 했으나 잘 지냈느냐고 물을 만한 때는 아니군그래."

"하하, 그래도 저는 잘 지냈습니다."

"그럴 리가, 딴 사람들은 다 장 뭐시기란 놈 때문에 죽겠다고 난리던데. 그런데 어떻게 왔는가? 뭐, 이번 일 때문에 왔겠지?"

"그렇습니다."

잠깐 기다렸다가 무진이 물었다.

"소문이 사실입니까?"

"소림에서 대충 아는 그대로네. 저 꼬마가 술 먹고 꼬장을 부렸는데 그게 하필 도독부의 자제들이었다…… 는 거."

"무당의 무공을 쓴 것도 사실입니까?"

"그때 곁에서 지켜본 녀석의 말에 의하면 관병들을 상대할 땐 워낙 통상적인 수법을 썼고, 쌍봉우사와 싸울 땐 겉으로 전혀 드러나지 않아서 잘 모르겠다더군."

"그렇겠군요."

장건 무공의 가장 큰 특징은 움직임이 극히 적다는 것이다. 무공의 극의에 통달해서 내기의 흐름을 읽을 줄 아는 고수가 아니면 장건의 무공을 알아보기 힘들 정도다.

"아마 당시 현장에서 그나마 가장 고수를 꼽았다면 상달이 놈이었을 건데, 그놈이 알아보지 못했다니 말 다한 거지."
"알겠습니다."
"건이 녀석 데려가려 온 거지?"
"네, 원주 회의에 데려오라는 명을 받았습니다."
오황이 묘한 얼굴을 했다.
"글쎄…… 데려갈 수 있으려나 모르겠네."
"예?"
오황의 고갯짓으로 뒤쪽을 가리켰다.
"저기에 있으니 가 보게. 너무 무리는 하지 말고."
"무리…… 라고요?"

무진도 내공이 적지 않은지라 충분히 어둠을 꿰뚫어 볼 능력이 있다. 오황의 뒤쪽을 보니 마당 끝 쪽에 몇몇이 모여 있었다.

오황이 길을 비켜 주자 무진이 그쪽으로 걸어갔다.

모여 있는 이는 뻔했다. 세 소녀와 양소은의 호위무사인 상달이다.

그리고 그들과 좀 떨어져서 장건이 가만히 앉아 있었다. 장건은 멍하게 주저앉아 있어서 대사형인 무진이 온 줄도 모르고 있었다.

무진이 의아한 생각이 들어 세 소녀에게 가볍게 반장을 하고 지나가려 하는데 소녀들이 앞을 가로막는다.

"조심하세요!"

"왜…… 이러십니까?"

"위험해요."

순간 오싹한 느낌이 든다 싶더니, 세 소녀와 상달이 뒤로 물러선다. 무진도 덩달아 뒤로 물러났다.

꽝!

바로 앞에서 흙더미가 튀어 오른다.

무진은 당황스러워서 눈을 끔벅거렸다. 아무 움직임도 없는데 그냥 땅이 파이면서 박살이 난 것이다.

"이게 무슨……."

자세히 보니 장건의 주변이 온통 쑥밭이다. 이리저리 땅이 파이고 긁혀서 엉망이었다. 눈 감고 밭을 갈면 저런 모양이 나올까 싶다. 아니, 그것도 밭을 가는 농사꾼이 천하에 몇 없는 거력의 소유자여야 할 것 같았다.

공기 중에서 기의 유동이 또 느껴진다.

그러더니, 꽝! 쿵!

아니나 다를까. 장건의 주변에서 또 흙덩어리들이 비산한다.

"아, 스님. 지금 이상 가까이 가지 않으면 괜찮으실 거예요."

양소은의 말이었다.

무진이 고개를 숙이며 반장하는 자세로 고마움을 표했다.

"감사합니다."

라고 말하고 양소은을 보니 눈에 계란을 굴리고 있다. 어둡지만 눈가가 푸르스름한 게 멍이 들어 있는 게 보인다.

"아니, 시주께선 왜 눈이……."

제갈영이 깔깔대며 웃었다.

"기감을 느끼고 피할 수 있대나 뭐래나 하다가 얻어맞고 저 꼴이 된 거래요~"

"너 조용히 안 해!"

무진이 어색하게 웃었다.

"그, 그러셨군요."

보이지도 않는 자잘한 기의 파편들이 마구 날아오는데 그걸 어떻게 피할 생각을 했을까?

아무래도 양소은이 잘 모르고 뛰어든 것 같다.

무진은 장건을 보았다. 장건은 정신줄을 놓고 주저앉아 있는 상태다.

무진도 이런 경우가 있다는 걸 몇 번이나 들었다. 흔히 이 현상은 깨달음을 얻고 무아지경의 상황에서 온다. 보통 정신적인 수양을 하는 불가나 도가에서는 드물고 일반 무가 쪽에서 보이는 경우가 많다.

내공을 제대로 제어하지 못해서 들끓는 기가 사방으로 방사되는 것이다. 그때 유형화된 기가 주변을 폐허로 만드는 경우가 종종 있다.

마치 지금처럼.

'기의 파편이 사방으로 날려지기 때문에 기감을 느끼고 피하는 게 아니라 기막을 쳐야 하는데, 양 시주는 실력에 비해 경험이 부족한 모양이군.'

대강의 사정을 알게 된 무진이 다시 장건을 세심하게 관찰했다.

장건은 가만히 앉아 있을 뿐인데 아지랑이가 피어오르듯 장건의 주변 공간이 일그러져 있는 착각이 들었다.

그만큼 기운이 불안정한 것이다.

무진의 생각을 알아챈 것처럼 오황이 다가와 말했다.

"저 꼬마가 경지에 비해 수양이 많이 부족해. 소림은 반성해야 돼."

무진이 고개를 끄덕였다.

"부끄럽습니다. 사제가 탈각 중인가 봅니다."

"탈각(脫却)인지 탈각(脫殼)인지는 두고 봐야 알 노릇이지. 운이 좋다면 둘 다 일수도 있겠고, 아닐 수도 있겠고."

탈각(脫却)은 좋지 않은 상황에서 벗어나는 것이고 탈각(脫殼)은 껍질을 벗고 나오는 것을 말한다.

어느 쪽이든 장건에게는 다 맞는 말이었다. 아닐 수도 있다는 오황의 말이 묘하게 신경 쓰이지만, 그게 문제는 아니다. 어쨌거나 당장 장건을 데려갈 수가 없다는 점이 문제인 것이다.

한창 깨달음 중에 있는데 건드리는 건 굉장히 위험한 일이다. 하지만 당장 소림이 거덜 날지 모르는 상황에서 언제 끝날지도 모르는 탈각을 마냥 기다릴 수만도 없는 노릇이었다.

"선배님께서 보시기에 언제쯤 돌아오겠습니까?"

"진산식까지 정신이 돌아올 수 있겠느냐, 도독부에서 행동하기 전까지 돌아오겠느냐…… 묻는 거라면 모른다고 하겠네."

"곤란하군요. 이를 어째야 할지."

"위험한 방법이지만…… 깨울 방법이 없는 건 아닐세."

오황이 뜸을 들였다가 말했다.

"무아지경 중인 수행자에게 비무를 걸어서 강제로 개오탈경(開悟脫境)시키는 방법이 있다네."

"단순히 생각해도 쉽진 않겠군요."

"당연하지. 무아지경 중인 이는 무엇을 할지 전혀 알 수가 없어. 제대로 된 무공을 펼칠 수고 있고 아닐 수도 있지. 심지어 하류잡배나 쓰는 방법도 쓰겠지. 그러나 이쪽에서는 그 수를 받아 주며 계속해서 인도를 해 주어야 하는 걸세. 결코 쉬운 일이 아니지."

말로는 위험하다고 하는데 왠지 모르게 자꾸만 권유하는 느낌이었다.

"음……."

무진이 손에 든 염주알을 굴리더니 굳게 입을 다물고 나선다.

"자네가 해 보게?"

"그동안 사제에게 해 준 게 없습니다. 오히려 받기만 했지요. 부끄럽지 않은 사형이 되고 싶습니다."

무진은 결의에 찬 얼굴로 긴 소매를 살짝 접어 올렸다.

장건에게 대패한 후 수행에 전념하여 그동안 적지 않은 성과가 있었다. 이렇게 자신감을 가지게 된 것도 그때보다 거의 한 배 반 가까이 실력이 올랐기 때문이다.

무력에 특화된 나한승들을 이젠 아래로 내려다볼 정도가 되었다. 장건에게 이길 수 있겠느냐 하면 그건 아니지만 손속을 겨루는 거라면 어떻게든 도움을 줄 수 있을 것 같았다.

경계선은 명확하다. 주변의 망가진 땅은 일 장 정도로 명확하게 구분 지어져 있다.

아마도 그것이 장건이 가진 공간일 터였다. 그 공간의 영역만큼 기가 방사되고 있는 중일 것이다.

오황이 뭐라고 하기도 전에 무진이 길게 호흡을 하고 공력을 끌어 올렸다. 그러곤 성큼 걸음을 내디뎠다. 기감을 바짝 끌어 올린 탓에 기의 유동이 느껴진다.

'파편으로 날아오는 기는 호신기로 막아 내고 사제에게 가까이 가서 비무를……'

피잉—!

날카로운 파공음 비슷한 것이 들려왔다. 기의 파편이 날아온다!

무진은 전신으로 내공을 둘러 호신기를 일으켰다. 워낙 우내십존이니 하는 천외천의 고수들이 자주 보여서 그렇지, 명색이 소림의 대제자인데 내공이 보통이 아니다.

순식간에 무진의 승복 위에 어스름한 기운이 맺혀 단단하게 여물었다. 양 소매를 들어 앞을 가로막았다. 이 정도면 어지간한 기의 파편은 그대로 튕겨 내 버릴 것이다.

그런데.

빡! 소리와 함께 갑자기 눈앞에 별이 핑글 돌았다.

무진은 순간적으로 시야가 가물거려서 깜짝 놀랐다.

'이게 뭐냐!'

기의 파편들이 부딪쳐서 탱탱 소리를 내며 튕겨 나가야 정상인데 무슨 몽둥이에 맞은 듯했다. 그나마 호신기로 몸을 두르지 않았으면 머리통에 구멍이든 혹이든 생겼을 터다.

정신이 채 돌아오기도 전에 또 다른 무언가가 날아들었다. 무진은 호신기고 뭐고 본능적으로 몸을 낮추었다.

쉬익— 하고 머리 위로 뭔가가 스쳐 지나갔다. 이유 모를 파공음에 모골이 송연해지는데 다시 눈앞에 섬광이 번쩍였다. 아래에서부터 위로 힘껏 휘두른 몽둥이에 턱을 맞은 것 같았다.

빡!

머리가 뒤로 젖혀지더니 몸이 뒤를 따른다. 발끝이 떠올라 몸이 완전히 허공을 유영한다.

그리고 무진은 곧 바닥으로 추락했다.

쿠당탕탕!

완전히 대자로 뻗어서 탁 트인 하늘이 시야를 덮는다. 온통 반짝이는 별들 때문에 눈앞이 훤해지는데, 보이는 것이 진짜 별인지 아닌지도 알 수 없었다.

그 밤하늘의 시야에 누군가 머리를 불쑥 디밀고는 무진을 질질 끌어냈다. 장건의 영역 밖으로 빼낸 것이다.

"이히히히."

양소은의 호위무사인 상달이 끌어낸 무진을 보며 웃었다. 상달도 눈이 시퍼렇게 멍이 들어 있는데 입술까지 터져 있다. 상달과 함께 걱정스러운 눈으로 세 소녀가 내려다보는 것도 보인다.

위에서 아래로 내려다보며 상달이 웃었다.

"이 스님도 당했는데요?"

무슨 말인지, 무진이 정신이 없어 해롱거리는데 오황이 쯧쯧 혀를 차며 말했다.

"쟤가 지금 무아지경에서 기를 조절 못 해서 기를 방사하고 있는 게 아닐세. 무아지경이긴 한데 심마 비슷하게 날뛰고 있는 거라고나 할까?"

'네? 깨달음 중에 있는 게 아니고요?'라고 묻고 싶은데 정신이 없어서 말이 나오지 않았다.

"능공섭물의 일종인데 보이지 않는 주먹을 막 날리고 있다 보면 돼. 대충 서너 개의 주먹을 마구 휘두르고 있는 중이라고나 할까? 사실 이걸 뭐 권풍이라고 해야 할지, 지풍이라고 해야 할지 나도 모르겠네. 권인지 주먹인지 알 수가 있어야지. 대충 맞는 걸 보니까 주먹 같아서 그냥 예를 들어 주먹이라고 한 거니까, 꼭 주먹이라고 생각하지 말게."

"그걸 맞은 게 저랑 양 소저죠. 네네, 양 소저야 수련한답시고 그랬지만 저는 무슨 잘못이랍니까."

'보이지 않는 주먹인데 능공섭물인 게 뭐지요?'라고 묻고 싶은데 여전히 말이 나오지 않는다. 그럼에도 '아아, 그래서 양 시주가 기감으로 뭘 피한다는 말을 했었나?' 하며 이해가 되고 있다.

"아무튼 저 녀석을 깨우려면 저놈의 권역을 뚫고 들어가야 한다는 얘긴데······."

옆에서 상달이 끼어들었다.

"아, 그러니까 사부님이 해 주시면 되잖아요."

"그래도 되는데 재밌잖아. 재밌어서 내버려 두는 거야. 그리고 남의 문하 제자가 탈각하는 도중에 건드렸다가 혹시라도 뭐 잘못되면 어쩌라고? 다른 사람도 아니고 저놈인데."

"에이, 혹시라도 창피당하실까 봐 그런 건······ 아니죠? 그래서 그런 거 아니시죠? 헤헤."

"쯧쯧. 꼭 넌 사람이 전부 자기 같은 줄 아냐. 저게 뭐 대단한 줄 알아? 옛날에 검왕이 무아지경에 빠져서 전각 하나를 다 부쉈는데 그거랑 지금 쟤는 비교도 안 된다."

"에이, 에이."

"어험, 염불을 외 줄 중이 옆에 있어서 그런가, 이 사부는 네가 속세에 미련이 없는가 보다…… 하고 자꾸 쓸데없는 생각하게 되는구나."

"아니! 저만큼 이 속세의 찌든 때를 좋아하는 사람이 어디 있다고요! 행여라도 그런 말씀 마십시오. 저는 똥밭을 굴러도 이승이 좋습니다!"

오황이 상달을 향해 손을 뻗었다. 상달이 몸을 피해 보려 했지만 무리였다. 두 수 만에 손목을 잡히고 엉덩이를 걷어차였다.

"에라이! 그럼 그 똥밭 구경이나 하고 와라."

"으어억!"

오황이 상달을 차 넣은 곳은 장건의 권역이었다.

상달은 양팔을 휘저으며 급히 방어를 해 보려고 했으나…… 벌써 뭔가가 날아들고 있었다.

"뭐가 보여야 막든 피하든 하지!"

퍽! 퍼퍽!

몇 번의 타격음과 함께 정신을 못 차리고 얻어맞던 상달은 겨우 권역을 빠져나왔다. 반대쪽 눈두덩까지 붓고 기껏 멈췄던 코피는 다시 터졌다.

오황이 낄낄대고 웃었다.
"똥밭은 어떻더냐?"
"아, 궁금하면 직접 들어가 보시든가요!"
"저놈이 끝까지 정신을 못 차리고?"
"몰라요! 난 잡니다! 잘 거라고요!"
상달이 투덜대면서 가 버렸다.

무진은 아직도 정신이 없어서 눈앞이 가물거린다. 그런 무진의 귀에 계속 낄낄대는 오황의 웃음소리와 함께 옆에서 소녀들의 수다도 들려온다.

"이왕이면 백리 언니도 한번 시도해 보지? 혹시 알아? 오라버니가 언니 덕에 처음 깰지?"

"됐거든? 난 아직도 비 오고 그러면 콧잔등이 아릿거린단 말야. 휴, 이거 평생 가는 거 아니겠지?"

"짜증 나. 그놈의 코…… 그때 확 뭉개졌어야 하는 건데……."

"뭐어?"

이리저리 투닥거리느라 소란스럽고 시끄러웠다. 그 와중에도 주먹질인지 나발인지 쿵쾅거리는 소리는 계속해서 들려오고 있었다.

무진은 누운 채로 가만히 생각했다.

'아아, 모르겠다. 그러니까 결국 지금은 장 사제를 데려갈 수 없단 얘기로군.'

그체야 마음이 놓였다. 천하의 오황도 어찌 못 하는데 자기 힘으로는 더더욱 어쩔 수 없는 일이니까.

그런데 조금 이상한 점이 또 있었다.

"자, 장 사제가 왜 이렇게 폭력적이 되었지요?"

힘겹게 말을 내뱉은 무진이었다. 무진이 아는 장건이라면 무아지경이래도 상대를 함부로 때리고 다치게 할 만한 이가 아니었다.

오황이 거기에 대답해 주었다.

"사춘기잖아. 가뜩이나 정신 수양도 부족한 녀석이고. 아…… 내 평생에 저런 부자연스러운 사춘기는 처음 본다. 정말 저놈은 부자연스럽기 짝이 없는 놈이라니까. 저기에 자연스럽게 익숙해지는 내가 참으로 두렵네."

"……."

오황의 말이 맞는 것 같다. 무진도 장건의 나이 때에는 괜히 힘들곤 했다. 하물며 지금 장건은 그보다 더 힘들 때다.

"끄응……."

무진은 억지로 몸을 일으켰다.

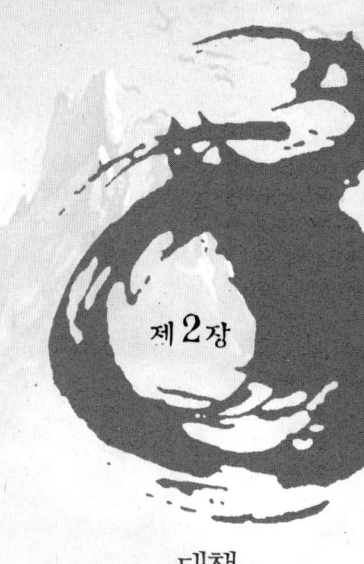

제2장

대책

장건은 심각한 고민에 빠져 있었다.

세 소녀들에게 낮에 있었던 일을 듣고 큰 충격을 받은 것이다.

술을 마시고 기억이 나지 않는 것도 그렇지만, 그 와중에 관부의 병사들을 공격했다는 것에 놀랐다. 무 뽑듯 쭉쭉 뽑아 던진 것이 사실은 관부의 병사들이었다니……

어떻게 관부의 병사들을 공격했을까?

소림사로 오기 전의 장건이었다면 상상도 할 수 없는 일이었다. 상계에 있는 사람들이라면 대부분 관의 눈치를 보지 않을 수 없었기에 장건도 자연스레 그런 분위기에서 자랐다. 붉은 수실이 달린 챙 있는 관모를 쓰고 가슴에 포(捕) 자를 크게 새긴 포졸만 보아도 무서워서 엄마에게 달려가곤 하였다.
 그런데 지역 관군도 아니고 도독부의 병사들과 시비가 붙었다니!
 '이제 겨우 일 년 남았는데…… 일 년만 있으면 집으로 돌아갈 수 있는데…….'
 게다가 역모죄로 수배령까지 내렸다는 얘기도 들었다.
 장건은 그 말을 듣는 순간 머리가 아득해졌다.
 '엄마…….'
 혼자 감옥에 갇혀서 고초를 겪는 게 아니라 가족들에게 피해를 끼치는 게 문제였다.
 소림사에 온 것도 팔자가 드세서 가족들이 다 죽는다, 그런 얘기 때문이었다. 그래서 매일매일 집에 돌아가고 싶은 마음을 참고 구 년을 살았다. 엄마 아빠를 위해서.
 이제는 그것이 다 허사가 되었다.
 '일 년만 조용히 지냈으면 됐는데…….'
 술을 억지로 먹인 사람들도 미웠지만 자기 자신에게 제일 화가 났다. 구 년이라는 세월을 스스로 내던져 버린 거나 다름이 없었다. 조금만 잘 견디고 집으로 돌아가자고 다짐한 게 엊그제였는데 그걸 못 지키고 말았다.
 어쩌다가 이렇게 되었을까?
 사실 해답은 이미 알고 있었다.
 '무공 때문이야.'

정확히는 무공을 익힌 강호인들의 습성 탓이었다.

장건이 겪은 무림이란 아주 작은 빌미 하나로, 혹은 그냥 심심풀이로도 폭력이 난무하는 곳이었다.

장건도 몇 차례나 그렇게 당했고 주변에서도 비일비재하게 그런 일들이 일어났다.

주먹 몇 번 오가는 건 예사였다. 그런다고 누가 뭐라 하지도 않았고 혼을 내지도 않았다.

장건이 생각할 때, 적당한 장소와 적당한 구실만 있으면 얼마든지 주먹질을 하고 싸우라고 독려하는 곳이 무림인 듯했다.

장건이 더 이해할 수 없었던 것은 강호인들은 그것을 죄라고 생각하지 않는다는 점이었다. 강호인으로 살아가는 데 있어서 싸움은 그냥 농사짓고 밭 가는 정도의 자연스러운 일상이라고 생각하고 있었다.

그걸 죄라고 생각하지 않다 보니 어떤 유혈 사태를 일으켜도 제대로 된 책임을 지는 이가 없었다.

'나도…… 거기에 물든 거야…….'

아니라고 몇 번을 부정하려 해 보아도 부정할 수 없는 사실이었다.

왠지 모르지만 이곳 강호 무림의 생활과 바깥 생활은 사뭇 달랐다.

밖에서는 폭력 행위를 하거나 사람을 다치게 하면 잡혀가는 게 정상이다. 그러나 이곳에서는 그게 대단한 일이 아니다. 심각한 칼질에는 몇 가지 정당한 이유를 붙인다고 하나 장건이 볼 땐 전혀 이해할 수 없는 이유인 건 마찬가지였다.

산에서 근 십 년을 살아왔기 때문인지 너무 어렸을 때 산으로 올라온 탓인지, 장건은 그 모호한 경계선을 구분하기가 너무 힘들었다.

그래서 장건은 이런 괴상한 곳에서 버티기 위해 나름의 방법을 찾아내기도 했다. 사람을 때려서 다치게 한다는 죄책감을 가지지 않으면서 상대를 제압할 수 있는 방법.

장건의 문각식 백보신권이 그것이었다.

그런데……

이제 와 생각해 보니 문각식 백보신권에도 문제가 있었다.

사람을 다치게 하지는 않는다 해도 폭력을 쓴다는 행위 자체는 변하지 않는다. 그것이 이쪽 강호 무림에서야 인정받는다지만 밖에서도 그럴 리 없다.

아무리 다치게 하지 않는다 해도 폭력 자체가 바깥에서 인정받을 수 있는 일은 아닌 것이다. 이번처럼 관병들과 시비가 붙어 싸웠고, 관병들을 크게 다치게 하지도 않았건만 문제가 된 것처럼 말이다.

그것을 생각하지 못하고 남들을 다치게만 하지 않으면 괜찮다고 생각해 버린 건 분명 장건 자신의 실수였다. 폭력에 둔감해진 자신의 문제였다.

'하아…… 내가 미쳤지, 내가 미쳤어!'

마음이 무거워졌다.

강호 무림은 강호 무림의 규칙이 있고 바깥세상에는 바깥세상의 규칙이 있다. 똑같이 숨 쉬고 살아가는 공간이건만 보이지 않는 벽이 구획을 나누고 있다.

그러나 누구도 그 구획이 어디쯤인지를 가르쳐 주지 않는다. 익숙해지는 시간조차 주지 않는다. 스스로 맞부딪치고 온몸에 멍이 들어 가며 알아내야 한다. 버티지 못하면 낙오될 뿐이다.

그것은 너무나 고통스러운 일이었다. 갑작스레 부모님과 떨어져 산중에 홀로 내던져졌다가, 또 갑작스레 드넓은 강호의 거친 황야에 내던져졌다가…….

그리고 이제 장건은 다시금 인생 최대의 위기를 맞고 있었다.

'난 이제 어떻게 해야 하지? 내가 죽어 버리면 끝나는 일일까? 그럼 우리 엄마 아빠는 괜찮아질까? 하지만…… 엄마 아빠가 너무 보고 싶은데…… 이렇게 죽고 싶지 않은데…… 이렇게 죽어 버리려고 구 년이나 버틴 게 아닌데.'

온갖 생각이 머리를 다 휘저어 놓는다.

'내가 왜 죽어야 돼? 내가 뭘 잘못했다고 내가 책임을 져야 하지?'

괜히 울컥하고 화가 치밀어 올랐다. 단전이 뜨끈해져서 내공이 마구 요동을 쳤지만 그냥 내버려 두었다.
 '다 부숴 버리고 싶어!'
 지금은 손에 닿는 모든 걸 다 때려 부수고 싶다. 마구마구 부수어도 화가 풀릴 것 같지 않다.
 내공이 날뛰면서 기의 가닥들이 몸에서 뿜어져 나왔다.
 드드득! 쾅!
 뭔가 잔뜩 부서지는 소리가 들려온다. 그러나 장건은 거기에 신경 쓰지 않았다. 아니, 신경을 쓸 겨를이 없었다.
 '어떻게 하면 되지? 내가 어떻게 해야 해? 내가 어떻게 하면 되냐구!'
 장건의 몸에서 튀어나온 기의 가닥들이 채찍처럼 사방을 할퀴고 후려친다.
 쾅! 쾅!
 눈앞이 붉어지고 머리가 빠듯하게 조여 온다. 덜덜거리고 손이 떤다. 아무 생각도 할 수 없게 되고 숨까지 가빠 온다. 얼마나 시간이 지났는지도 인지할 수 없다.
 단지 장건은 어떻게 해야 좋을지 해답을 구하고 싶을 뿐이었다. 하지만 스스로는 아무것도 답을 찾아낼 수가 없었다. 그 자체로도 심한 압박감이 느껴져서 머리가 몽롱했다.
 시간이 얼마나 흘렀을까.
 누군가의 부드러운 음성, 혹은 소리가 아닌 무엇인가가 귓가를 울려온다.

[장 사제. 뭘 그리 두려워하는 거지?]

'대…… 사형?'

예전에 경험해 본 적이 있는 음성이다. 뼈가 울리는 그런 느낌, 전음이라고 했던 것 같다.

[사람들이 왜 어울려 살아가는지 알아? 왜 가정을 이루고 문파를 이루면서 함께 살아가는지 알아?]

장건은 전음을 할 줄 모르니 대답을 보낼 수도 없다. 무진이 던진 화두에 혼자 생각할 뿐이다. 한데 부드럽던 무진의 목소리가 갑자기 다급해졌다.

[외롭기 때문이야. 외로워서 기대며 살아가고 싶기 때문이…… 훅! 서로에게 기대면서 돕고 살아가는 게 사람…… 아미타불!]

'……'

[제자들은 문파를 위해, 문파는 제자를 위해…… 헙! 헙! 제자 간에는 서로를 위해! 그러니까 아무튼 사제는 우리 소림의 제자고, 소림이 있고 이 사형이 있으니까 걱정 말…… 혼자서 고민하지 말고 이 사형의 얘기를 꼭 기억…… 더 이상 버틸 수가…… 으아악!]

퍽.

'……대사형?'

무진의 목소리는 더 이상 들려오지 않았다. 무슨 말인지 대체로 잘 들리지도 않았다.

그러나 장건은 이상하게도 한결 마음이 편해진 것을 느꼈다.

'그래…… 나는 혼자가 아냐. 대사형도 있고 우리 노사님도 있고 원호 사백님도 있고. 대팔이랑 소왕무…… 그리고 백리 소저나 양 누나…… 귀여운 영이도 있어.'

해결하지 못하는 건 똑같지만 자신의 곁에 누군가 있다고 생각하는 것만으로도 천천히 마음이 가라앉고 날뛰던 내공도 잠잠해졌다.

정말 희한한 일이었다. 나 '혼자'가 아니라는 것만으로도 이렇게 마음이 편해진다.

'아……'

장건은 서서히 명상에 빠져들었다.

이상하게도 한참 동안 지끈거리던 머리가 이제야 괜찮아진 듯했다.

*　　　*　　　*

소림의 앞마당이나 다름없는 곳에서 중군도독의 자녀들이 괴한에게 습격을 받았다는 소식은 야음을 타고 순식간에 강호로 퍼졌다.

〈급보! 소림, 중군도독 자녀 피습!〉

이와 같은 글귀를 달고 반나절 동안 날린 전서구가 수백 마리를 상회했다. 중군도독의 자녀가 피습당한 것도 충격적인 일인데 그게 하필 또 소림이었다!

가뜩이나 소림으로 찾아오던 북해빙궁의 사절단까지 행방이 묘연해진 차였다. 이런 어수선한 와중에 또다시 소림에 일이 벌어진 것이다.

보통 명문 문파가 자리 잡은 동네에서는 어지간한 좀도둑도 보기 힘든데…… 하물며 소림의 본산이다.

소림의 본산 앞에서, 그것도 진산식을 앞두고 이러한 사건이 벌어진 건 소림의 위상에 문제가 생겼다는 걸 재차 증명하는 셈이었다. 확실히 검성의 사건 이후로 소림의 몰락은 눈에 띄게 가속되어 가고 있었다.

강호의 많은 문파와 세가들은 가시화된 천년소림의 몰락에 안타까워하면서도 각기 머리를 굴리기에 바빴다. 역사의 저편으로 넘어갈 소림보다는 새롭게 짜일 강호의 판세를 읽는 것이 더 중요했다.

무림팔대세가 중 첫 번째로 꼽는다는 남궁가 역시 마찬가지였다.

특히나 남궁가는 검왕 남궁호가 소림에서 홍오에게 패한 이후 명성이 많이 하락했다. 검왕이 자랑하던 제왕검형마저 그 파훼법이 세상에 공개되어 버린 판이다.

이미 일부에서는 검왕으로 인해 전성기를 맞았던 남궁가였는데 검왕이 힘을 쓰지 못한다면 더 이상 남궁가를 팔대세가의 수위로 놓을 수 없지 않느냐, 하는 말까지 나오는 형국이었다.

그러니 남궁가로서는 더더욱 강호의 소식과 정보에 민감하게 반응할 수밖에 없었다.

남궁가의 가주 남궁운은 늦은 밤임에도 남궁호를 만나기 위해 급히 안채의 정원으로 들어섰다.

"백부님, 저 왔습니다."

"그래."

남궁호는 수척한 얼굴로 작은 연못을 응시하고 있었다. 얼마나 야위었는지 광대뼈가 툭 튀어나오고 주름은 더 깊어졌다. 정원 곳곳에 피워 둔 화톳불 따위에 그림자가 일렁거려 가뜩이나 여윈 얼굴이 더 야위어 보인다.

한때 인세의 신선 같던 풍모는 온데간데없고 깡마른 노인네만 남아 있을 뿐이다. 지금의 모습만 보자면 누구도 그를 검왕이라 생각할 수 없을 지경이었다.

두문불출.

소림에서 돌아온 후 안채에 틀어박혀 나오지 않은 남궁호다.

패배의 충격이 그만큼 컸던 탓일까? 가뜩이나 자그마한 남궁지만이 남궁호의 곁에서 수발을 들고 있어서 더욱 외로워 보이는 검왕 남궁호였다.

남궁운은 남궁호에게 용건을 간단히 설명했다.

용건이란 다름 아닌 소림의 진산식에 보낸 축하단에 관한 것이었다. 시일이 촉박해서 급하게 인원을 꾸려 보냈을 때에도 가야 한다, 말아야 한다 말이 많았는데, 결국 보내긴 보내게 되었다.

한데 보내고 나서 소림에 이 같은 일이 벌어졌으니 가신들이 지금이라도 철수하자 주장한 것이다.

"……가신들이 강력히 의견을 내세우고 있습니다."

남궁운이 다시 물었다.

"어떻게 할까요?"

"네가 가주인데 왜 내게 묻느냐."

이제껏 그렇게 해 왔기 때문이다.

남궁호는 목까지 치밀어 오른 그 말을 참고 기다렸다.

남궁호는 가주의 말을 기다리지 않고 가만히 옆에 서 있는 남궁지에게 물었다.

"어떻게 해야겠느냐?"

남궁지는 특유의 무표정한 얼굴로 아무렇지 않게 대답했다.

"철수…… 해야죠."

남궁호가 전혀 고민 없이 그 말을 남궁운에게 전한다.

"들었느냐? 그렇게 해라."

남궁운의 얼굴이 찌푸려졌다.

'장난을 하는 것도 아니고…… 아무리 백부님께서 패배의 여파로 크게 상심했다 하나 가문의 안위가 달린 일을 어찌 저렇게 말씀하신단 말인가.'

남궁운이 남궁지를 노려보며 말했다.

"백부님, 아이의 얘기를 듣고 함부로 판단할 사안이 아닙니다. 소림을 이어 다음 천하제일문파로 손꼽히던 화산도 검성의 제자가 행방불명된 후로 위치가 흔들리고 있습니다. 이런 때일수록 소림의 정통성을 존중할 필요가 있지 않겠습니까? 아무리 가신들이 반대한다 하더라도……."

남궁호는 대답하기도 귀찮다는 듯 남궁지에게 힐끗 시선을 주었다.

그러자 남궁지가 남궁운에게 물었다.

"소림을 지지한다고 본가가 천하제일문파가 되나요?"

무언가 쿡! 하고 남궁운의 가슴을 파고들었다. 남궁운은 심장이 쿵쿵거리고 뛰는 것을 느끼며 한마디 했다.

"네가 끼어들 문제가 아니다. 어른들 일에 함부로 나서지 말거라."

"왜요? 본가에서 소림을 지지하면…… 그만큼 화산의 입지가 좁아질 것 같아서요?"

남궁지의 말대로였다.

사실 검왕 남궁호와 홍오의 문제에도 불구하고 남궁가에서 소림에 축하 사절단을 보낸 건 그와 같은 이유가 있었다.

검성이 홍오를 쓰러트림으로써 화산은 소림을 짓누르고 올라선 양상이 되었다. 인정을 받아 추월한 게 아니라 무력으로 쟁취한 것이다. 이럴 경우 필연적으로 어디서든 반발이 생기기 마련이다.

 따라서 내심 한자리를 욕심내고 있는 남궁가는 소림을 지지하여 화산의 독주를 경계하고, 세가의 위상을 높여 보려는 속셈을 하고 있었다.

 그 점을 남궁지가 정확하게 짚어 낸 것이다.

 하지만 그렇다고 남궁지의 행동이 좋아 보이는 건 아니었다. 하여 남궁운이 남궁지를 꾸짖으려 하는데 남궁호가 툭 하고 말을 던졌다.

 "너는 가주와 생각이 다른 모양이구나?"

 "똑같은데…… 밖으로 말을 못 하실 뿐이겠죠."

 "넌 어떻게 생각하느냐."

 "할아버님이 재기하시지 못하면…… 본가의 전력은 오 할 이하예요. 화산은 본가를 염두에도 두지 않을 거예요."

 인형 같은 외모로 아무렇지 않게 곤란한 얘기를 꺼내는 남궁지에게 질려 버린 남궁운이었다.

 "이 녀석이!"

 검왕 남궁호가 슬쩍 웃었다.

 "맞다, 내가 문제지."

 "그, 그런 것이 아닙니다."

당황해하는 남궁운을 무시하고 남궁호가 남궁지에게 물었다.
"그래, 그렇다면 어떻게 해야겠느냐?"
"어떻게 해도 상관은 없어요. 단지……."
"단지?"
"단지 이번만큼은 중군도독부의 자제를 '누가 습격했느냐'에 달려 있어요."
"호오, 나도 같은 생각을 했다."
"네."
남궁운이 무슨 말이냐는 듯 인상을 찌푸리고 말했다.
"관부의 일이니까 우리하고는 아무래도 상관없는 일입니다. 지아, 너는 아까 철수해야 할 거 같다더니 지금은 상황에 따라 판단해야 한다는 이상한 말을 하는구나."
남궁지가 가만히 가주 남궁운을 쳐다보았다. 남궁호가 남궁운에게 물었다.
"운아, 습격자에 대한 다른 단서가 더 들어왔느냐?"
"예. 자세한 얘기는 아니나 소년 한 명과 한 청년이 함께 벌인 일이라고 합니다. 호위를 맡고 있던 쌍봉우사라는 자가 무당의 수법에 당했다고 해서 무당에서도 난리가 난 모양입니다."
남궁지가 웃을 듯 말 듯 묘한 표정으로 남궁호를 마주 보았다.

"사상자는?"

"아직까진 없는 모양입니다."

그러자 남궁호가 빙긋 웃음을 지었다.

"크크큭."

남궁지가 말했다.

"확실해요. 이제 소림은 관부에 크게 시달림을 받겠네요."

남궁운은 어리둥절했다.

"뭐라고? 아무리 소림이 지척이었다 하나 관부의 일에 왜 소림이 경을 친단 말이냐?"

남궁호가 고개를 슬쩍 저었다.

"운아, 즉시 연락을 해 소림으로 간 아이들을 돌아오게 하거라."

"하지만 뒤늦게 여장을 꾸려 보냈는지라 쉬지 않고 달려갔을 것입니다. 어쩌면 벌써 도착했는지도……."

"도착했다면 다시 돌아오게 하거라."

"백부님!"

남궁호의 눈빛이 차갑게 가라앉았다.

"이놈!"

낮은 일갈과 함께 남궁운의 발치에서 흙먼지가 일었다.

피핏!

첫 파공음 이후, 남궁호가 소매를 크게 떨쳤다.

번쩍이는 검광이 남궁운의 시야를 어지럽혔다. 보이지도 않는 수많은 번쩍임이 허공을 어지러이 수놓았다. 잠자리가 쉬지 않고 날갯짓을 하는 것처럼 쇳소리가 섞인 피리 소리가 연신 울린다.

피피핏!

남궁운의 발치에서는 끊임없이 흙먼지가 피어났다.

남궁호가 쩌렁거리는 목소리로 말했다.

"저물어 가는 태양을 지켜보는 것은 어떤 명목에서든 의로운 일이다. 하나! 너는 난파되어 가는 배 위에 올라타서 남궁가를 같이 침몰시킬 셈이로구나!"

피피피핏! 피핏!

흙먼지가 마구 피어올랐다.

남궁호가 소리쳤다.

"남궁이라는 배가 좌초한 후에는 내가 재기한다 해도 소용이 없게 되느니라!"

펄럭.

남궁호가 소매를 한 번 크게 휘젓자 기묘한 피리 소리가 멈추었다.

팟! 하고 흙먼지가 한순간에 날아가 버리니 남궁운의 발치에는 어느새 수백 개가 넘는 줄이 그어져 있었다. 하나같이 베인 깊이와 벤 길이가 일정한 검흔(劍痕)이었다.

철컥.

언제 꺼내었는지도 모를 하얀 검을 남궁호가 검집에 갈무리하고 있었다.

그리고 그 순간 찬연한 여름의 숲 속에 바람이 불어온 듯 잎사귀가 떨리는 맑은 소리와 함께.

쏴아아—

남궁운의 뒤편으로 바람의 칼날들이 무수히 터져 나갔다. 남궁운에게는 조금의 해도 입히지 않은 채.

남궁운의 뒤에 있던 키 작은 나무 하나가 수백 수천의 조각으로 잘리어 흩어지고 있었다.

쏟아지는 나뭇조각을 맞으면서 남궁운은 전신에 소름이 돋았다.

"배, 백부님!"

남궁호의 제왕검형은 당대에서 손꼽히는 검공이자 신공이었다. 그러나 홍오에 의해 그 파훼법이 세상에 공개되고 말았다. 그러나 지금 남궁호가 선보인 진보된 제왕검형은 이전의 제왕검형과는 확연히 다른 무언가가 있었다.

누가 검왕 남궁호가 끝났다고 했는가!

남궁호는 패배감에 휩싸여 두문불출한 것이 아니라 스스로를 더욱 연마하고 있었던 것이다!

초심으로 돌아가기 위해 직접 검을 들고!

남궁운이 감격에 젖어 손을 덜덜거리고 떨었다.

남궁호가 말했다.

"시간이 얼마 남지 않았다. 진산식이 끝나면 그다음 은퇴는 내 차례다. 기껏해야 몇 달. 그러나 나는 그사이에 지금의 제왕검형을 극복한 완전무결한 제왕검형을 너희들에게 물려줄 것이다. 그러니 너희는 좌초해서도 난파해서도 아니 된다. 그저 기다리고 있거라."

남궁운은 가슴이 뜨끈해졌다. 검왕 남궁호는 소인이 아니었다. 자신의 패배에는 아랑곳하지 않고 세가를 위해 시간을 쪼개 가며 노력하고 있었다.

일부 가신들은 소림의 진산식 때문에 남궁호가 저절로 은퇴하게 되어 다행이다, 스스로 물러나는 꼴을 보이지 않아도 되니 소림에 고마워해야 한다는 등의 말을 하기도 했다. 그러나 그것은 모두 헛소리였다는 것을 남궁운은 알게 되었다.

"배, 백부님의 말씀을 따르겠습니다."

목소리가 약간 떨리고 있었다.

"가 보아라."

"예…… 부디 보중하십시오."

남궁운이 희망을 안고 안채를 떠났다.

"후."

남궁호가 가볍게 숨을 고르며 남궁지를 쳐다보았다.

"내 검이 어땠느냐?"

"약간 불안하셨어요."

"내기의 운용과 호흡이 불일치하였다. 하마터면 가주의 목을 자를 뻔했지 뭐냐. 그래서 급하게 검을 수습하느라 혼났

다."

 남궁호는 방금의 검초를 복기하며 말했다.

 "너는 한시도 나의 말과 행동을 놓치지 않고 있어야 할 것이다. 그리하여 내가 혹여 잘못되더라도 내가 전한 구결을 가문에 하나도 남김없이 전해야 할 것이야."

 "예."

 남궁호가 울분을 씹어 삼키며 말을 이었다.

 "멍청하게도! 내 손으로 완성하지 못하고 남이 건넨 무공을 믿고 수십 년을 살아왔다. 그러니 이 같은 꼴을 당해도 당연한 것이다. 하나 남궁가의 후예들은 결코 나처럼 만들어서는 아니 된다, 알겠느냐!"

 남궁지는 웃지도 않고 대답했다.

 "네."

 성의가 없다, 혹은 예의가 없다고 할 정도로 가볍게 대답을 한 남궁지가 고개를 들어 하늘을 쳐다보았다. 그러곤 입을 다물고 가만히 있었다. 무엇인가 생각에 빠진 듯 보였다.

 남궁호가 날카로운 눈매를 누그러뜨리며 말끄러미 하늘을 바라보는 남궁지에게 물었다.

 "그가 걱정되느냐?"

 "아니, 전 그냥……."

 남궁지의 눈동자에 파란 하늘이 가득 담겼다.

 창창한 하늘. 해맑게 웃는 구름.

그 사이로 날아가는 새 한 마리.
잡아 드릴까요? 하고 환청이 들려오는 듯했다.
남궁지는 무표정한 얼굴로 대답했다.
"그냥 좀…… 머리가 아파서요."

*   *   *

진산식을 고작 이틀 남기고 벌어진 대사건.

그 전에도 딱히 축제 분위기는 아니었지만, 소림의 분위기는 더욱 무겁게 침체되어 있었다. 우울한 일이 있어서 어깨가 축 늘어진 것이 아니라 무슨 일이 벌어질지 몰라서 전전긍긍하는 그런 모습들이었다.

계율원에서 급히 소집된 회의에서 각대 원주들조차 일반 제자들과 똑같은 표정을 짓고 있었다. 민머리를 감싸 안고 오밤중까지 끙끙대고 있는 것이다.

"……하여…… 장 사제를 데려올 수 없었습니다. 대신 오황 선배님의 증언으로 사실을 확인하였습니다."

무진의 설명에 원주들이 황망한 얼굴로 중얼거렸다.

"근처로 다가갈 수가 없다고?"

"아이 하나가 폭주하는데 그걸 못 말려서 데려올 수 없다고?"

그러나 그냥 아이 하나라고 할 수 없는 게, 무진의 얼굴이 증명하고 있었다. 눈두덩이 퍼렇고 뺨도 통통 부었다. 도저히 무공을 배운 자의 얼굴이라고 볼 수 없었다. 그것도 소림의 대제자가 말이다.

그걸 보니 더 뭐라고 할 수가 없다. 하다못해 오황도 거부했다는데 그나마 자기가 나서서 어떻게 해 보려다가 저 꼴이 되었다 하지 않았는가.

무공 교두 원우가 자기가 아픈 것처럼 얼굴을 찡그리고 물었다.

"좀 괜찮으냐?"

"솔직히 아프긴 합니다만, 참을 만도 합니다."

사실 저렇게 맞아서 붓기도 쉽지 않다.

내공이 일 갑자를 넘어가고 외공에 어느 정도 공부가 생기면 맞아서 붓고 멍이 드는 일이 드물다. 운기행공을 하면 금세 붓기가 가라앉고 멍이 잦아든다. 행공을 하는 동안 기가 전신에 활력을 불어넣고, 상처가 금세 치유되기 때문이다.

그럼에도 불구 하고 아직까지 저런 얼굴인 건 통상적인 주먹이 아니라 공력을 통해 얻어맞았다는 뜻이다.

물론 그러니까 호신기공도 소용이 없었겠지만.

어쨌거나 중요한 건 소림이 알아낸 정보가 사실이었다는 점이다. 지극히 불행하게도 말이다.

원호는 망연자실해서 길게 한숨을 내쉬었다.

"녀석이 전생에 나한테 원수진 게 있나…… 아니면 소림과 불구대천의 원수였나……"

멍하니 벌린 입에서 침까지 흘릴 지경이었다.

백의전주 굉충이 굉료를 노려보고 말했다.

"아니, 어떻게 본사의 앞마당에서 어린애한테 술을 먹일 생각을 다 했답니까? 남들이 이를 두고 뭐라 하겠소이까!"

공양간의 굉료는 지은 죄(?)가 있는지라 슬슬 눈치를 보며 어색하게 웃고 있을 따름이었다.

"그게…… 방장 사형이……."

"에잉!"

탁 하고 탁자를 친 나한전주 굉소가 발언했다.

"이미 지나간 일은 그렇다 칩시다. 시간이 부족하니 앞으로 어떻게 해야 할지부터 궁리해야 합니다."

백의전주 굉충이 급보로 들어온 서한들을 보란 듯 늘어놓았다.

"죄인을 감추는 자는 반역의 죄로 다스리겠다는 공고가 내려졌네. 중군은 물론이고 우군과 좌군 도독부에도 비상이 떨어졌으니, 지금 당장에야 홍수를 찾지 못했다고 하나 언젠가 본산과 관계가 있음이 밝혀질 것은 자명한 일일세."

원호가 홀린 듯 말했다.

"관계가 있는 정도가 아니라 본사의 속가제자이지요. 그걸 어찌 부인하겠습니까."

"끄응!"

여기저기서 답답한 한숨과 탄성이 터져 나왔다.

사실 소림도 처음엔 장건이 이런 일을 벌인 줄 몰랐다. 관부의 사정에 의해 그런 습격 사건이 벌어진 거라 생각했다.

하여 소림의 앞마당에서 그런 일이 벌어졌다는 것에 탄식하고 있었다.

그러나 습격자가 어려 보이는 '소년'이었다, 는 한마디가 모두를 충격에 빠트렸다.

아…… 또 장건이구나!

그냥 딱 그 이름이 떠오를 뿐이었다.

특히나 무당의 무공을 썼다는 데에서는 아주 확실해졌다. 연륜이 결코 적지 않은 쌍봉우사를 일격으로 날려 버릴 수 있는 소년이 강호에서 몇이나 되겠는가.

그 소년이 장건이 아닐 확률은, 아무 생각 없이 걸어가다 길에서 번쩍이는 걸 주웠는데 그게 황금일 경우와 똑같은 것이다!

다만 어떻게 술에 취했는가…… 하는 점이 의문이었는데, 굉료가 원주 회의에서 스스로 고백함으로써 마지막 의문마저 해결되었다.

원주들은 부들부들 떨었다.

장건…… 장건은 실로 공포의 존재가 아닐 수 없었다.

"꼭 사고를 쳐도 이 모양이 되게 치나?"

"왜 하필 시비가 붙어도 도독부란 말인가……."

"후우."
여기저기서 한숨을 쉬고 난리가 났다.
역시 길게 한숨을 내쉰 장경각주 굉봉이 원호를 보며 피곤한 어조로 물었다.
"어쩔 겐가?"
"글쎄요……."
"내 짧은 생각으로 소림을 구하려면 몇 가지 방법이 있다고 보네."
"의견을 부탁드립니다."
굉봉이 자신을 바라보는 원주들의 시선을 의식하며 입을 열었다.
"첫째, 건이란 아이에게 책임을 물어 속가제자에서 내쫓는 것일세."
"파문을 하란 말씀입니까?"
"뭐…… 파문이라고 봐야겠지."
원호는 인상을 찡그렸고 다른 원주가 물었다.
"건이를 파문한다고 본사가 책임을 피할 수 있겠습니까?"
"파문한 뒤에 도독부를 찾아가야겠지. 우리와는 관계가 없는 일이라 충분히 설명하고, 이번 습격 사건이 소림의 뜻이 아니었음을 피력해야 할 걸세."
"허어…… 하나 그렇게 되면 모든 책임이 건이란 아이에게 쏟아질 게 아닙니까."

도독부에서 역모죄까지 언급한 마당이다. 분명 장건과 그의 가문에 말도 못할 고충이 생길 터였다.

심하면 가문 전체가 멸문지화를 입거나, 재산을 빼앗기고 관노(官奴)가 될 수도 있었다.

"아무리 그래도 그건 좀……."

원주들의 말에 굉봉이 고개를 끄덕였다.

"최소한 그렇게 된다면 소림은 화를 피할 수 있을 거야. 약간의 책임은 져야 하겠지만, 그것이 본사의 존재에까지 영향을 미치진 않겠지."

여기저기서 탄성과 한숨이 또다시 터져 나왔다.

"두 번째 얘기를 계속 하겠네. 일단은 크게 다친 사람이 없으니 어떻게든 중군도독을 설득하는 방법일세. 이 경우에도 건이란 아이는 책임을 지게 되겠지만, 극단적으로 반역죄로까지는 몰리지 않을 걸세. 그러나 본사에 적잖은 피해가 올 것이네."

원주들이 술렁거렸다.

원호가 길게 말을 끌었다.

"그럼 소림을 위해서는 아이를…… 버려야 한단 말씀입니까?"

원호의 표정은 많이 어두웠다. 굉봉이 씁쓸하게 고개를 가로저었다.

"이해하네. 자네 대에 적지 않은 슬픔이 있다는 것을……

하지만 소림을 살리기 위한 방편일세."

원 자 배는 강호행 당시 소림의 보호를 거의 받지 못하였다. 오히려 굶주린 들개 떼의 한가운데에 던져진 것과 같았다. 때문에 많은 원 자 배 제자들이 강호에서 싸늘한 주검이 되어 위패와 함께 불살라졌다……

굉 자 배에 버려졌다 생각하고 오랜 세월 선대를 미워한 아픔이 있는 원호에게 굉봉의 말은 큰 충격이었다.

"이렇게 반복되는 거였습니까……."

원호는 더 말을 잇지 못하고 침묵했다. 자조 섞인 표정에 굵은 눈썹이 꿈틀거린다.

굉봉이 원호를 말끄러미 보다가 입을 열었다.

"그게 싫다면 도독을 설득하는 수밖에는 없겠지."

문수각주 원전이 한탄하며 말했다.

"제가 들은 얘기에 따르면 중군도독이 화가 많이 났다고 합니다. 본산과 인연이 있는 이들이 도우려고 나서는 중이나 쉽게 마음을 돌릴 것 같지 않다 합니다. 어느 쪽이든 쉬운 길은 아닐 겁니다."

보현전주 굉읍이 끼어들었다.

"다들 잊은 것 같은데 이번 일에는 방장 사형의 허락이 있었다네. 즉, 어떤 방법을 택하든 건이란 아이에게 책임을 물으면 방장 사형에게도 책임을 물을 수밖에 없다는 것일세. 일의 순서가 그러하지 않은가."

틀린 말이 아니었다.

그래서 분위기는 더욱 무거워졌다.

세상에……!

어떻게 대소림의 방장이 속가제자 한 명이 벌인 일로 책임을 지는 일이 발생한단 말인가! 그것도 방장을 승계할 진산식을 코앞에 두고!

말을 하는 굉읍조차 괴로운 얼굴이었다.

"만일 진산식을 앞두고 있다 유야무야 넘어간다면 그것 또한 빌미가 될 것일세. 화가 소림 전체로 번지기 전에, 그러니까 도독부에서 알기 전에 이쪽에서 먼저 해명하고 나서는 것이 옳은 일일 것이야……"

무공교두인 원우가 욱하고 치미는 감정을 겨우 참으며 언성을 높였다.

"아무리 그래도 그렇지, 겨우 아이 한 명이 시비를 벌인 일입니다. 더구나 다친 사람도 없고 도독의 자제들도 아무 탈이 없었지 않습니까. 듣자 하니 오히려 시비를 건 것은 도독부 쪽이었답니다. 그런데 겨우 그런 일로 반역 운운한다는 것은 말이 안 됩니다! 잘못이 있다면 사과하는 것으로 끝내면 될 일이 아닙니까!"

긴나라전의 원상이 대답했다.

"도독부에는 명예와 자존심이 달린 일이네. 그 자리에는 중군의 천호장과 교두까지 있었고 천호장이 누차 경고를 했음에도 끝까지 일이 벌어지고 말았어."

"그래도 협박한 것은 도독부 쪽이 먼저 아닙니까! 철없는 도독의 아이들 때문이었답니다."

"원우 사제, 어쨌거나 그것은 충돌이 있기 전의 일일세. 충돌이 일어나 중군의 정예 병사들과 교두까지 당한 마당에 고작 사과하는 것으로 끝내고 만다면, 앞으로 누가 도독부를 무서워할 것이며 같은 일이 또 발생하였을 때 누가 도독부 자제들의 안전을 책임질 수 있겠는가. 이번처럼 도독부의 자제들이 아무 탈 없이 끝날 거라 장담할 수 있는가?"

"크으……"

"도독부의 편을 들고 싶어 이러는 것이 아닐세. 당금의 상황에서 관부를 건드리는 것이 얼마나 위험한 일인지 말하는 것이네."

지장왕전의 원림이 물었다.

"당금의 상황이라면……?"

긴나라전의 원상이 굳은 표정으로 답했다.

"관에서 이번을 일종의 기회로 삼을 거라는 뜻일세. 굉봉 사숙의 우려는 그러한 이유 때문일세. 정사대전을 기억하지 못하겠는가?"

"아……!"

무공교두 원우가 탄식을 내뱉었다.

정사대전의 비화(秘話)가 떠올라서였다.

과거 정사대전에서 정파는 역사상 유래 없는 대승리를 거두었다. 그 결과 사파로 구분된 흑도 문파는 궤멸에 이르러서 당금에는 명맥조차 유지하는 곳을 찾아보기도 힘들 지경이 되었다.

그러나 그 대승리의 뒤에는 관부의 조력이 숨어 있었다.

아무리 무림 문파 간의 싸움이라 해도 수천수만이 죽어 나갈 수 있는 거대한 싸움이었다. 민간은 물론이고 관부와 황궁에서도 싸움 자체를 용납할 리 없었다.

거대한 두 세력이 맞부딪치게 되면 반드시 큰 혼란이 생길 것이고 그것은 사회적 불안을 야기할 수밖에 없다.

누가 그 같은 일을 반기겠는가.

또 관부와 황궁에서 볼 때, 말이 무림 문파 간의 싸움이지 그들이 언제 폭도나 반란군으로 돌변할지 알 게 뭔가.

때문에 정사의 갈등은 극으로 치달으면서도 관부의 견제로 좀처럼 정체를 벗어나지 못하던 중이었다.

그러던 중.

한 해에 심한 가뭄이 들었다.

수년 전부터 지정 일수 이상의 강제 노역을 부리면서까지 관개 치수를 해 왔던 관부의 꼴이 무색해졌다. 수많은 뇌물과 비리가 횡행했다는 소문이 돌면서 민심은 더욱 흉흉해졌다.

산적과 도적은 들끓었고 나라는 엉망이었다. 터지기 직전의 둑이나 마찬가지였다.

관부에서는 민중의 불만을 잠재움과 동시에 강경책으로 무력을 과시할 필요를 느꼈다.

그에 따라 결정된 것이 대대적인 도적 떼의 토벌이었다.

어차피 정말 도적이든 아니든 상관없는 차에 녹림과 수적이 포함된 흑도 문파는 더할 나위 없는 먹잇감이었다.

이때에 정파와 관부의 이해관계가 일치했다.

정파는 관부의 비호하에 대의명분까지 쌓으면서 정당한 싸움을 할 수 있었고, 관부에서도 큰 손해 없이 실적을 챙길 수 있게 되었으니 일거양득이었다.

선봉을 정파에서 서면 뒷일은 관부에서 맡았다.

사파는 끈질기게 저항했으나 황궁의 고수까지 지원된 무력의 차이를 극복할 수 없었다.

결국 사파는 지리멸렬하고 말았다.

대부분 싸움 중에 사망하였으나 사파의 거두들 일부가 관부의 감옥에 갇히게 된 것도 이러한 배경 탓이었던 것이다.

하나 정파로서도 얻은 것만 있는 것은 아니었다.

정사대전에서 보인 무림인들의 무력은 관부의 예상을 초월하는 것이었다. 늘 사분오열되어 흩어져 있던 무림인들을 한데 모았을 때의 무력은 가히 가공할 만했다.

그 대상이 사파가 아니었다면? 관이나 황궁이었다면?

관부와 황궁에서는 강호를 두려워하기 시작했다. 이들의

힘을 극도로 경계하며 촉각을 곤두세웠다.

하여 무기 소지에 엄격한 제한을 두게 하고, 일부 무인들을 관부에 반강제적으로 영입하기도 했다.

무림은 관부의 관섭이 싫었고, 관부는 무림의 반란이 걱정되었다.

이 때문에 정사대전이 끝나고 관과 무림은 불가침의 협약까지 맺게 되었다.

이후 수십 년이 지났으나 그렇다고 경계심까지 물러진 것은 아니었다.

무림은, 강호는 이제 거의 한계에 이르렀다.

우내십존의 군림과 평화가 너무 길었다.

근래에 소림사에서 벌어진 일련의 사건에서 강호인들은 불만을 유감없이 드러내었고, 이에 관부는 바짝 긴장하고 있음이 틀림없었다.

그리고 마침내…… 거의 직접적으로 고위 관료의 자제가 습격을 당한 사건까지 생긴 것이다…….

백의전주 굉충이 입을 열었다.

"관부에서는 어떻게든 강호 무림에 빌미를 잡고 싶어 할 것이네. 그리고 이번 사건이라면 충분히 그 빌미가 될 수 있겠지. 단언컨대……."

한참의 침묵이 지난 뒤에 굉충이 낮은 신음 소리를 내며 말을 이었다.

"이번 일로 비단 소림뿐 아니라 강호 무림은 사상 최대의 위기를 맞고 있는 것일 수도 있다네…… 한 아이의 생사여부를 생각할 수도, 해서도 아니 될 만큼 말이네."

나한전주 굉소가 혼잣말처럼 중얼거렸다.

"검성조차 눈독을 들인 아이를 무림 전체의 안위와 맞바꿔야 하다니…… 그 아이의 운명도 참으로 기구하구나."

각대 원주들의 얼굴이 흙빛으로 물들어 갔다. 어떻게 보면 장건은 소림의 미래이기도 함과 동시에 미래가 아닌 기이한 위치에 서 있었다.

하지만 사람을 두고 가치로만 판단할 수는 없는 노릇이다. 아이를 제물로 내주고 안위를 도모한다는 것은 소림 원주들의 자존심과 양심에 크나큰 상처를 입힐 터였다.

그렇다고 강호 무림 전체를 압박할 구실을 관부에 고스란히 줄 수도 없었다.

그야말로 진퇴양난이다.

굉충이 다시 말했다.

"곧 소림을 향해 강호의 문파들에게서 비난이 쇄도할 것이네. 이번 일로 관이 개입하면 어떡하겠느냐, 소림의 제자 한 명 때문에 강호 전체가 관의 개입을 받게 생겼으니 소림이 책임을 져라…… 라고 말일세. 강호의 공분을 쉽게 잠재우기는 어려울 터."

결코 뜬금없는 얘기가 아니었다. 어떻게든 소림을 무너트리려는 세력들은 그러한 행동을 하고도 남을 것이다.

 원호는 크게 한탄했으나 다른 도리가 없었다.

 "내가…… 내 손으로 정말 건이를 쫓아내야 하는 것입니까……."

 원호의 말에 회의실 안의 원주들 중에서는 누구도 대답하지 않았다. 대답할 수가 없었다. 짊어져야 할 부담이 너무 컸다.

 나한전주 굉소가 의견을 말했다.

 "당장 결정이 안 된다면 아예 진산식 후에 움직이는 게 나을 수도 있네. 아무리 중군도독부라 해도 본사를 함부로 쳐들어와 행패를 부리기에는 부담이 클 테니 아예 더 시간을 두고 신중하게 결정하는 것도 나쁘지 않을 걸세."

 "그것도 틀린 말씀은 아니군요. 하지만 시간을 더 번다고 해서 해결될 방법이 있을 것으로 보이지는 않습니다."

 원호는 고통스러운 표정이었다. 그 마음을 잘 알기에 굉소가 씁쓸하게 말했다.

 "세상일은 모르는 걸세. 당장 내일, 모레 무슨 일이 벌어질지 누가 알겠는가. 나는……."

 굉소가 말을 하던 중이었다. 갑자기 밖을 지키고 있던 나한승이 큰 소리로 고했다.

 "방장 사백께서 드십니다!"

 원주들이 분분히 일어섰다.

굉운이 몸이 좋지 않더라도 이번 일마저 넘기지 않을 거라는 건 알고 있었기에 갑작스럽지는 않았다.

한데 굉운은 혼자 회의실에 들어선 게 아니었다. 늙수그레한 노승이 그의 곁에 있었다. 굉운이나 노승이나 금방이라도 쓰러질 듯해서 누가 누구를 부축하고 있는지 알 수 없는 모습이었다.

그러나 원주들 중에 그 노승을 알아보지 못한 이는 없었다. 기억하고 있는 모습보다 많이 늙긴 했으나 인상적인 모습으로 각인되어 있던 승려였던 것이다.

"아니, 혜원사의 금오 대사님이 아니십니까."

건강할 땐 소림에 자주 찾아온 금오였다. 올 때마다 일만 배의 불공을 올려서 소림의 뭇 승려들이 금오를 귀감으로 삼곤 했다.

그러니 나이가 들었어도 못 알아볼 얼굴이 아니었다. 아마도 소림의 제자라면 구 할은 알아볼 수 있을 터였다. 모두가 금오에게 내심 고마움을 느끼고 있었던 것이다.

그런데 그런 금오가 들어서자마자 오체투지하듯 무릎을 꿇고는 쉰 목소리로 애써 큰 소리를 낸다.

"나를 용서하여 주시오!"

제3장

앞으로 일년

뜬금없는 금오의 행동에 모두가 놀랐다.

주위에 있던 원주들이 금오를 만류하였다.

"무슨 일이십니까! 어서 일어서십시오."

"아니요. 나는 소림사에 큰 죄를 지은 몸이외다."

금오를 만류하던 원주가 방장 굉운의 눈치를 살폈다. 이미 굉운은 뼈만 남은 금오조차 일으킬 수 없는 지경에 이르렀던 것이다.

굉운이 고개를 끄덕이자 원주가 약간의 힘을 써서 금오를 일으켰다. 금오는 어쩔 수 없이 몸을 일으켰다.

"죄를 지으셨어도 저희는 그것이 무언지를 모릅니다. 그러니 일단 말씀부터 하여 주십시오. 금오 대사께서는 본사에 큰

은혜를 주신 분인데 이러시면 저희가 곤란하지 않습니까."

금오는 노안에 눈물을 글썽이며 천천히 몸을 추슬렀다.

"면목이 없네."

"진정하고 찬찬히 얘기를 들려주십시오."

금오는 원주가 권한 의자에 몸을 앉히고 깊은 한숨을 내쉬며 오랜 세월 묻어 둔 얘기를 꺼내기 시작했다.

"벌써 이십 년은 된 이야기일세. 아이가 없는 한 부부가……."

장건이 소림사에 오게 된 이유를 설명하기 시작하는 금오였다.

그러나 사실 금오의 고백이란 아주 평범하기 그지없는 내용이었다.

팔자가 센 아이를 자신이 데려와 소림에 맡아 달라 부탁했다는 게 전부다.

하지만 팔자가 센 아이를 명망 있는 사찰이나 고승에게 맡기는 건 아주 흔한 일이었다. 물론 그게 왜 하필이면 소림사냐고 해도 다들 이해할 수 있었다.

소림사가 절이면서 또한 무림 문파라는 특성이 있는 까닭이다. 어떻게든 소림사와 인연이 닿으면 상인인 장건의 아비 장도윤에게는 큰 도움이 될 테니 말이다.

그러니 한두 해도 아니고 무려 십 년이나 꼬박 불공을 올린 장도윤을 위해 금오가 소림사에 부탁을 했다고 해도 그게 그리 욕먹을 일은 아닌 것이다.

그에 대한 굉운의 대처도 나쁘지 않았다. 특혜를 주면서까지 속가제자로 받아들이지 않았다. 그저 산속에 틀어박힌 굉목에게 장건을 보냈을 따름이었다.

운이 좋다면 한두 수 정도의 무공을 배울 수 있을 터였고, 그 정도면 충분히 제 한 몸 지킬 정도는 될 것이다. 그게 아니더라도 어쨌든 소림과 작은 연을 만들 수 있는 기회는 준 셈이었다. 산속에 틀어박혀 살던 쓸쓸한 사제 굉목에게는 좋은 말벗이 생긴 셈이었고.

거기까지는 아무런 문제가 없었다.

심지어 홍오라는 변수가 끼어들었다고는 해도, 장건이 보통 아이였다면 전혀 말썽이 생기지 않았을 터였다.

장건이 보통의 아이였다면…… 말이다.

결국은 그렇지 못하여 지금에 이르렀다고밖에 볼 수 없었다.

낭중지추!

결국은 장건이 특출하였기에 모든 일들이 시작되고 말았다.

"아아."

그제야 장건이 어쩌다가 소림에 오게 되었는지 알게 된 원주들이 고개를 끄덕거렸다. 워낙 흔한 이유로 소림에 들어오게 된 장건이었으니 딱히 회자될 얘기가 없었다.

더구나 지금 보아도 장건은 딱히 무골이 아니다. 눈에 띌 상이었다면 이미 소림에 들어올 때 알아보았을 것이다.

원주들이 저마다 한마디씩을 내뱉었다.

"참, 희한한 노릇이군요."

"누구도 알아보지 못할 만큼 무재가 없던 아이가 지금은 전 강호를 들뜨게 만든 후기지수가 되었지요."

"살다 살다 이런 일은 처음입니다."

원주 한 명이 아무래도 이상하다는 듯 물었다.

"한데 아무리 생각해 보아도 이번 일에는 금오 대사님께서 사죄를 청하실 이유가 없습니다. 아니 그러합니까?"

다들 궁금해했다. 아무리 생각해 보아도 금오가 장건을 맡긴 게 석고대죄하듯 사죄할 일은 아닌 것이다.

금오가 길게 탄식하며 고개를 저었다.

"나의 조그마한 재주만 믿고 큰 것을 보지 못하여 소림사에 액운을 가져왔으니 어찌 죄가 없다 하겠소."

보현전주 굉읍이 말했다.

"제아무리 그 아이의 팔자가 드세다고는 하나 본사의 덕이 부족하여 막지 못했으니 그것도 금오 대사님의 잘못이라 하기엔 어렵지 않겠습니까……."

그런데 굉읍이 말을 하다 보니 이상하다.

금오는 마치 장건이란 아이의 팔자가 드세서 소림사를 말아먹고 있단 뜻으로 얘기를 하고 있었던 것이다. 그런데 더 이상한 것은 자신 역시 아무렇지 않게 그 말을 받아들이고 인정한 상태로 대답을 하고 있다는 점이었다.

'아무리 팔자가 드세다 한들 아이 한 명이 소림사를 말아 먹는다는 게 가능한가?'

라고 스스로 반문해 보지만 실제로 그런 일이 일어났고, 또 계속해서 진행 중인 것이다!

다른 원주들도 굉읍과 같은 생각을 했는지 기묘한 표정을 지었다.

굉읍은 결국 말을 다 하지 못하고 입을 다물어 버렸다. 머릿속에 요상한 생각들이 빙글거리고 맴돌기만 했다.

가만히 얘기를 듣고 있던 원호도 금오의 말이나 굉읍의 말을 가벼이 흘려 넘기지 않았다.

어찌 보면 원호도 이번 일에 관련이 깊다. 중간중간 원호의 행동이 아니었다면 이만큼까지 사태가 크게 벌어지지 않았을 수도 있다. 소림을 위한 행동이었다고는 하지만 자신의 행동이 외려 장건을 두드러지게 했고, 소림을 위기에 빠트리기도 했다.

"으음……."

원호도 딱히 할 말을 찾지 못하고 침음성만 냈다.

그때 무진이 갑자기 나섰다.

무진은 아무런 직책이 없기 때문에 원주 회의에 착석할 자격이 없으나, 차세대 소림을 이끌 재목으로 한구석에 서서 참

관 중이었다.

무진이 금오에게 차분하게 말을 걸었다.

"대사님께서 부탁한 아이라 해도 결정은 소림에서 내린 것이니 이후의 책임은 저희에게 있습니다. 아무리 건이로 인해 큰일이 벌어졌다 해도 대사님이 사죄하실 일은 아니라 봅니다. 이미 그간 본사를 위해 불공을 드리신 것으로 충분하고도 남음이 있습니다."

금오도 인정했다. 금오는 천천히 왜소한 민머리를 끄덕였다.

"그 말이 틀리지 않네."

"그렇다면……."

무진이 잠시 말을 끊었다가 이었다.

"불민한 소승이 보기에도 대사님께서 굳이 본사를 찾아오신 다른 이유가 있으신 것으로 사료되옵니다만."

원주들이 놀라서 무진과 금오를 번갈아 쳐다보았다. 그런 당연한 생각을 못 해서 놀란 탓도 있었으나 나이에 걸맞지 않는 무진의 침착함에 더욱 놀란 것이다.

금오도 딱히 숨기려 한 얘기가 아니었다.

어차피 그 이야기를 알려 주기 위하여 소림에 걸음을 한 것이다. 하나 좀처럼 말을 내뱉기가 쉽지 않았다.

금오는 어렵게 입을 열었다.

모두가 금오의 말에 귀를 기울였다.

"노납이 이 같은 죄책감을 이기지 못하여 오랜 기간 천기를 관찰하며 주시하고 있었다는 것을 알아주기 바라오. 그리고 오늘 소림을 찾아온 것도 바로 그러한 연유에서인 터."

금오는 잠깐 말을 고르다가 낮고 힘없는 목소리로 천천히 입을 열었다.

"앞으로 일 년……."

원주들이 의아한 눈으로 '일 년'이란 말을 되뇌었다.

불안한 느낌이 급습했다.

장건이 소림에 와 있던 근 구 년간 내내 천기의 흐름을 보아 온 금오가 할 말이 무엇이겠는가! 바로 장건과 소림사에 대한 얘기일 것이다.

금오는 쉽게 말을 못 하고 몇 번이나 입을 열었다가 닫는다. 그러다가 결국은 눈을 질끈 감고 말했다.

"앞으로 일 년…… 그 아이의 드센 팔자가 최고조에 이를 것이오이다. 이제까지보다 더욱……."

"네?"

"뭐, 뭐라구요?"

"다시 한 번 말하지만, 앞으로의 일 년은 아이의 십 년 운세 중…… 가장 험난한 시기가 될 것이외다. 그것은 그 아이의 팔자가 몸담은 곳을 곤궁하게 만드는 형국이라는 걸 포함하는 것이오……."

"……."

꿈벅꿈벅.
깜박깜박.
원주들은 눈만 감았다 뜨고, 또 눈만 감았다 뜨고 했다.
뭔가를 생각하는 얼굴들이다.
주로 이제까지 있어 왔던 일들을 떠올려 보는 중이다.

잠잠하던 홍오가 움직이기 시작한 계기라든가…… 독선의 독 살포라든가…… 무인들의 목숨과도 같은 병장기의 날을 갈아 놔서 날뛴 사건이라든가…… 고이 묻힐 뻔했던 검성의 원한이 성공한 복수극으로 끝났다든가.

그리고 가장 최근에 일어난 일이며 소림에 엄청난 부담을 안겨 주고 있는…… 도독부의 자녀를 습격한 사건이라든가.

어느 것 하나 만만한 일이 없다. 대충 꼽아도 소림을 몇 번이나 말아먹고도 남을 정도의 일들이었다. 소림이 망해 가는 중이라고는 하나 아직까지 망하지 않은 게 신기할 정도로.

거기다 생각해 보면 이상하게도 지난 몇 년간 소림이 재정 위기로 심각하게 궁핍했던 적도 있었다. 그것도 왠지 장건 때문이 아닐까 싶다. 장건이 들어온 해부터 그런 일이 벌어졌으니까.

그게 장건이 주변을 곤궁하게 만드는 팔자이기 때문이라니…….

아니, 다 좋다 치자. 이미 지난 일이니까.

그런데…….

"그런데 그것보다 더 큰 일들이 생길 거라고?"

한 원주가 자기도 모르게 소리를 내뱉었다가 황급히 입을 막았다. 뺨과 정수리가 동시에 붉어졌다.

"죄, 죄송합니다. 소승이 그만……."

그러나 누구도 경망스럽다 그 원주를 욕하지 않았다. 모두가 같은 생각을 하고 있었던 것이다.

이대로 두면 소림이…… 소림이 망한다!

오싹한 정적에 소름이 돋는다.

굉료조차 질린 얼굴로 굉운을 보고 말했다.

"어쩐지 그런 몸으로 사형이 직접 오시더니만…… 이거야말로 진짜 소림의 존망이 달린 일이었구려."

"그렇다네."

"차라리 잘됐군요."

굉운이 물었다.

"뭐가 말인가?"

굉료가 걸걸한 목소리로 어쩔 수 없다는 듯 말했다.

"핑계거리도 생겼겠다, 이젠 더 걱정할 게 없지 않습니까. 안 그렇소이까? 어차피 팔자니 뭐니 하는 문제가 아니더라도…… 관부와의 관계 때문에 내보내야 할 아이였소."

"그렇긴 하지만……."

장경각주 굉봉이 눈살을 찌푸렸다.

"다른 사람도 아니고 사제가 그런 얘기를 하니 참으로 뻔

뻔하다는 생각이 드네."

"지금 네 탓 내 탓 할 때요? 나는 등까지 떠밀어 주는데 망설일 필요는 없다고 보오."

원호는 힘주어 쥔 계도를 부들거리고 떨었다.

"그렇게 함부로 말씀하실 일이 아닙니다."

"답이 다 나와 있는데 그것을 얘기한다고 달라질 게 있겠는가?"

굉운이 낮은 한숨을 쉬더니 말했다.

"그만두게. 머리로는 알아도 가슴으로 쉽게 내릴 수 있는 결정이 아닐세. 이번 일에서만큼은 나도 책임을 미루지 않아야 할 것이고. 따라서 이번 일의 결정은 내가……."

"그러실 필요 없습니다."

원호는 힘줄이 터질 것처럼 잔뜩 돋아난 손으로 계도를 들고 일어서서 외쳤다.

"버리겠다고요? 천하의 소림에서 아이 하나를 감당하지 못하고 버리겠다고요?"

계도 끝이, 손목이, 어깨가, 턱이, 그리고 눈동자가 부들거리고 떨린다.

"아이의 팔자가 그렇게나 드세다고 칩시다. 그래서요? 워낙 탐내는 이가 많으니 아이를 절 밖에 내다 놓으면 누군가는 집어 가겠지요. 그럼 집어 간 누군가는 아이의 팔자에 휘둘려 망해도 된다는 겁니까? 우리는 괜찮고 집어 간 사람은 망해도 된다는 겁니까! 하물며! 그 아이는 우리가 어떻게 하지 않으면 당장에 관부에 끌려가 고초를 당할 몸이란 말입니다!"

흥분을 참지 못한 원호가 쏟아 내듯 말을 토해 내고는 격해진 감정을 추스르려 입술을 깨물었다. 순식간에 입술이 터져 피가 흘러내렸다.

쿵!

원호가 있는 힘을 다해 머리로 탁자를 찧었다.

쿵 쿵!

굉 자 배 원주들이 잔뜩 인상을 찌푸렸다.

"이게 무슨 짓인가!"

"묻겠습니다! 백성이 먼저입니까, 황제가 먼저입니까!"

원호는 고개를 천천히 들었다.

내공을 싣지도 않고 단단한 자단 탁자에 머리를 박아서, 이마가 찢어져 피가 흘렀다. 얼굴 전체가 피범벅이 된 원호가 입을 열었다.

"사찰이 먼저입니까, 불자가 먼저입니까! 소림이 먼저입니까, 제자들이 먼저입니까!"

원호의 고통스러운 외침을 들은 굉운이 차분한 목소리로 말했다.

"말하고 싶은 게 무엇인가."

원호가 일그러진 얼굴로 이를 꾹 깨물고 대답했다.

"비 오던 날, 황운곡(黃雲谷)에서였습니다…… 함께 강호행을 나갔던 원악 사형은 벌써 악적들의 손에 숨을 거두었고 저는 중독되어 쓰러져 있었습니다. 저 역시 내상을 입어 도저히 살아날 수 없어 포기한 때였습니다."

뜬금없는 옛이야기. 그러나 당시 이십 대 즈음이던 원 자배의 지옥 같던 강호행 이야기라는 건 누구나 다 알고 있었다……

"누구를 원망하거나 하지는 않았습니다. 그저 제 실력이 부족하여 소림에 누를 끼친다 여겼습니다. 소림을 위해서 죽는 것은 두렵지 않은데, 제 부족함 때문에 소림이 무시당할까 그게 두려웠습니다. 다시 살아난다면 결코 스스로를 게을리 하지 않으리라…… 그래서 소림의 위상을 드높일 수 있는 부끄럽지 않은 자가 되리라…… 가물어져 가는 의식 속에서 그렇게 몇 번을 다짐하고 또 다짐했습니다. 그런데…… 그런데 그때 불현듯 의문이 생겼습니다."

원호의 얼굴 표정이 더욱 일그러졌다.

"내가 죽은 후에 소림이 나를 위해 복수를 해 줄까? 나의 억울함과 원한을, 아니…… 어이없게 죽어 간 사형제들을 위해서라도 소림이 나서 줄까? 그래서 내가 아니더라도 다시는 이런 일이 일어나지 않도록 해 줄까?"

원주들의 얼굴은 어두워졌고 원호의 입가에는 자조 어린 조소가 어렸다.

"대답은 '아니요'였지요. 소림이 그럴 리가 없었습니다. 만일 소림이 불가의 법이나 정세에 얽매이지 않았다면, 그래서 우리를 위해 나서 주었다면 저 이전에는 물론이고 저 이후로도 소림의 제자들은 그렇게 허무하게 죽어 가지 않았을 겁니다."

침묵이 한참을 감돌았다.

원호가 '그때 깨달았습니다.'라고 겨우 쥐어짜 내듯 말문을 열었다.

"아! 나는 무엇을 위해 죽어 가는가. 내가 그렇게 지키고자 했던 소림은 왜 나를 지켜 주지 않는가. 나는 무엇을 믿고 살아왔는가…… 라고 말입니다. 몸이 죽어 가고 있는데도 고통스러운 건 마음이었습니다. 세상에 아무것도 믿을 게 남아 있지 않다는 것이 너무나 절망스러웠습니다."

답답한 숨을 토해 낸 원호가 말을 이었다.

"우습게 들리실 겁니다. 다른 사람도 아닌 제가 이런 말을 하니 말입니다. 정말 모순적이게도 저는 오히려 죽다 살아난 이후 더욱 소림에 애착을 가졌습니다. 소림이 강해져야, 그래서 아무도 소림을 건들 생각을 하지 못해야 제자들이 보호받을 수 있다고 믿었기 때문입니다! 하여 소림을 위해서라면 무엇이든 할 수 있다 여겼습니다. 제자 하나둘쯤은 버려서라도 소림이 강해질 때까지는 참자, 참자! 그래야 모두를 지킬 수 있다!"

으드득.

회의장 안에 있던 모두가 들을 정도로 원호가 이를 갈았다.

"그런데 아닙니다. 제가 틀렸습니다. 우리는 우리도 모르는 사이에 어떻게 지켜 나갈지 고민하는 게 아니라 어떻게 위기를 모면할지만 고민하고 있잖습니까. 네, 지금 보니 확실히 알겠습니다. 소림을 지킨다는 건 소림이라는 이름을 지키는 게 아니라 우리 스스로가 우리를 지키는 것이라는 걸 말입니다. 이런저런 이유로 하나둘 버린다면 결국 소림에는 무엇이 남아 있겠습니까!"

장경각주 굉봉이 고개를 끄덕였다.

"자네 마음은 잘 알겠네. 우리를 힐난한다 해도 어쩔 수 없지. 이해하네. 그러나 당장에 본사에는 당면한 큰 문제가 있어. 그건 어떻게 할 셈인가?"

더 생각할 것도 없다는 듯이 원호가 강렬한 눈빛으로 말을 씹듯이 한 자 한 자 내뱉었다.

"하나도 버리지 않겠습니다. 소림이란 이름 아래에 있는 풀 한 포기 하나라도 모두 지킬 것입니다. 그것이 앞으로 제가 그려 나갈 소림입니다."

원주들은 설마 원호가 그렇게까지 말할 줄 몰랐다는 표정을 지었다.

긴나라전의 원상이 입을 벌린 채 물었다.

"원호 사형, 그렇다면 관부마저……."

"소림의 제자들을 지키기 위해서라면, 난 그것이 소림을 위한 길이라 믿고 어떤 책임과 희생마저도 불사할 생각이네! 단 한 명도 억울하게 내치지 않을 것이네!"

원호는 탁자를 짚고 절을 하듯 크게 고개를 수그렸다.

쿠―웅!

"사백숙들께 청합니다! 도와주십시오!"

원주들은 기가 막혀 헛웃음까지 지었다.

"허허, 참."

원호가 재차 부르짖었다.

"사제들에게도 청하네! 도와주게!"

원호가 외칠 때마다 피가 툭툭 떨어졌다.

당연히 모두의 시선이 방장 굉운을 향할 수밖에 없었다. 진산식이 코앞이라고 해도 아직은 그가 소림의 방장이었다.

그러나 굉운의 반응은 의외였다.

굉운이 핏기 없는 얼굴로 웃으면서 천천히 말을 한다.

"내 때와는 사뭇 다른 길을 가는 소림이 되겠구먼."

그의 곁에 있는 금오가 흐뭇한 미소를 지었다.

"원래 선대의 잘못을 되풀이하지 않는 게 올바른 후대의 몫일세."

침음하던 원주들이 한숨을 토해 냈다.

"으음……."

"방장 사형은 관부와 무력 충돌이 나도 상관없다는 말씀이십니까?"

"아닐세."

굉운이 조용히 대답했다.

"소림의 제자를 지키는 방법에 어찌 무력만이 있겠는가. 다만 어떤 대가를 치르더라도 억울한 희생을 만들지 않겠다는 말에 동의한 것이네."

"장건이란 아이가 억울하다기는 좀……."

"강호 무림과 관부의 이해관계에 따라 누군가 한 사람의 처우가 결정되는 것 또한 억울한 일일세."

굉운이 담담한 미소를 머금었다.

"어차피 이번 진산식 후로 소림을 이끌어 갈 것은 우리가 아닐세. 벌써부터 우리가 간섭하는 것도 도리는 아닐 테지. 걱정은 되네만 그 또한 우리가 어쩔 수 있는 일은 아닐 것이고."

원호가 소리쳤다.

"결코 실망시켜 드리지 않겠습니다!"

원주들의 반은 다소 우려하는 기색이었고, 반은 아주 싫어하지는 않는 표정을 지었다.

사실상 소림은 그동안 너무 억눌려 있어서 수동적으로 행동해 왔다. 거기에는 천생 승려에 가까운 굉운의 부드러운 성향이나 정책도 한몫을 했다.

그 때문인지 여차하면 세상 모두와 싸워서라도 한 명의 소림 제자를 구하겠다는 원호의 발언은 아주 시원하게 느껴졌다. 죄책감과 억눌림의 울분이 그동안 피해자인 원 자 배뿐 아니라 굉 자 배에게도 사무쳐 있었던 것이다.

정말로 굉운과는 정반대의 성향을 가진 원호였다. 그리고 앞으로 소림은 그의 성향에 걸맞은 길을 가게 될 터다.

물론 그러기 위해서는 당장 장건의 일부터 해결을 해야겠지만…… 그것이 가장 큰 난제가 되겠지만 말이다.

굉료가 털털하게 웃으며 말했다.

"애를 내버린다는 말보다는 훨씬 듣기 좋군그래. 하지만 아까는 별다른 방도가 없다고 들었네."

굉료의 입에서 곧 웃음기가 싹 사라졌다.

"대책도 없으면서 배짱만으로 호기를 부리는 것이라면 나는 동의 못 하겠네. 억울한 제자를 지키는 것도 좋으나 최악의 경우에는 소림을 지켜야 하는 것도 제자들의 의무일세."

원호가 입술을 깨물고 비장한 얼굴로 답했다.

"한 가지…… 한 가지 시도해 볼 수 있는 방법이…… 있습니다."

원주들이 놀랐다.

"방법이 있단 말인가!"

"대체 그 방법이 무엇인지 말해 보게!"

"그것은……."

원호가 막 입을 열려는 찰나였다.

갑자기 밖에서 나한의 다급한 음성이 들려온 탓에 원호의 말이 끊겼다.

"큰일 났습니다!"

회의 중이라는 걸 알면서도 소식을 고한다는 건 정말 긴급한 사안이란 뜻이다.

굉충이 외쳤다.

"안으로 들라!"

나한승이 눈을 크게 뜨고 회의실로 들어오며 소리쳤다.

"단강(丹江)에서 온 급보입니다!"

단강은 소림의 호북 지사가 있는 쪽이었다.

다른 원주가 다그쳤다.

"무슨 일이냐?"

나한승은 당황하여 말을 제대로 잇지도 못했다.

"그게……."

마침 입구 쪽에 있던 보현전주 굉읍이 답답해진 나머지 나한승의 손에서 죽편을 빼앗아 들었다. 그리고 큰 소리로 내용을 읽었다.

"관병 오백 태화산으로 행군 중…… 응?"

다들 처음엔 어리둥절해했다.

관병 오백 명이면 결코 적지 않은 수다.

태화산에서 민란이라도 난 것인가, 생각했으나 그럴 리가 없었다.

"태화산이면 무당파가 있는 곳이잖소?"

그렇다. 무당파가 있는 곳에서 민란이 일어날 리가 없다. 그렇다면……

몇몇이 그 의미를 깨닫고는 자리에서 벌떡 일어섰다.

"설마! 무당파가 목적인가!"

"중군도독부가 이런 일을!"

황망한 외침이 오가는 가운데 누군가 중얼거렸다.

"혹시…… 분쟁 당시에 큰 소리로 무당의 도호를 외었다던 소문이 있더니만, 그걸 믿고 간 것일까요?"

"에이, 설마 그럴 리가 있겠는가! 나 어디 사는 도둑이다! 라고 외치는 도둑도 있단 말인가?"

원주들이 웅성거렸다.

"뭐가 어떻게 되어 가는 거야?"

다른 이가 말했다.

"그럼 우리가 잘못 안 것입니까? 건이란 아이가 사건의 주범이 아니었단 말입니까?"

"방금 무진이가 오황 선배가 소문의 진위를 확인해 주었다 하지 않았는가."

"그렇다면 왜 관병이 무당으로 갔단 말입니까!"

"혹시 정말로 이번 일을 빌미 삼아 강호 무림을……?"

그 되물음에 분위기가 한순간 싸해졌다. 방금 전까지 원주들은 그 얘기를 하고 있었던 것이다.

굉충이 침을 꿀꺽 삼키며 무진에게 물었다.

"건이가 무당의 무공을 쓰는 것도 확인하였다 하였는가?"

"겉으로는 전혀 드러나지 않았다합니다."

"그렇다면 결국 쌍봉우사 한 명의 증언과 도호만으로 무당에 관병을 보낸 겐가?"

말도 안 되는 소리였다. 다른 곳도 아니고 무당파에 어찌 그런 이유만으로 병사를 보낼 수 있단 말인가.

무당파는 무림 문파이기도 하지만 그 이전에 역대 황제들에게까지도 인정받은 도가의 성지인데…….

굉봉이 혼잣말을 하듯 말했다.

"아무래도…… 관부에서 제대로 꼬투리를 잡으려는 모양이네. 우려하던 바가 현실로 드러나고 말았군."

보통 일이 아니었다. 시원찮은 증거와 의심만으로 무당파에 관병을 보냈다면 소림에는 그보다 더한 일이 생길 터였다.

원상이 원호에게 다급하게 청했다.

"사형께서 생각하신 한 가지 해결 방안이 무엇인지 얘기해 주셔야 할 것 같습니다. 더는 뜸들일 시간이 없습니다."

원호가 바로 대답했다.

"중재를 청해 볼 것이네."

"네? 하지만 이렇게 마음을 먹었는데…… 만일 이번 일을 빌미로 강호 무림을 핍박할 생각이라면 중재는 불가능할 것입니다. 아까도 원전 사제가 온갖 인맥을 동원해도 어렵다고 하지 않았습니까?"

"한 사람, 전 중원을 통틀어 지금의 이 사태를 수습해 줄 수 있는 단 한 사람이 있다네. 그분이라면……."

원호가 무겁게 입을 열었다.

"설사 관부에서 다른 뜻을 품었다 하더라도 반드시 중재해 주실 거라고…… 나는 그리 믿네."

그러나 그 믿음은 과연 통할지.

원호도 내심 자신은 없었다.

* * *

태화산(太和山).

높이가 오천 척(尺)에 이르는 산이다.

이 산을 모르는 이가 없는 것은 바로 이곳이 유명한 도교의 성지이며 강호 무림에서 세 손가락 안에 꼽는 대무당파가 있기 때문이다.

산 아래 우진궁, 옥허궁에서부터 산의 중턱에 자리한 자소궁, 산 정상의 금전에 이르기까지. 산의 능선을 타고 붉은색으로 칠해진 수많은 도관들이 줄지어 있는 모습은 다른 곳에서는 볼 수 없는 특이한 광경이기도 하다.

그중에서도 현악문(玄岳門)은 무당파로 오르는 첫 관문이다. 소림의 일주문처럼 일렬로 선 네 개의 석주가 지탱하며 장수를 상징하는 수형신(獸形神)이 조각되어 있고, 치세현악(治世玄岳)이라는 글자가 웅후한 필체로 쓰여 있다.

현악문은 쭉 뻗은 관로와 이어져 있어 접근이 매우 쉬운 편이며 속인에게도 개방되어 있다. 무당파가 곤륜파나 청성파와 달리 소림사처럼 중원 전체에서 손꼽히는 도교의 성지이기 때문이다.

그 현악문에 오늘따라 많은 이들이 모여 있다. 한둘도 아니고 기백 명이 넘는다. 물론 모두가 무당의 제자다.

벌써 술시(戌時)가 넘은 늦은 밤이라는 걸 생각하면 보통 큰일이 벌어진 게 아니라는 걸 알 수 있었다.

웅성이고 있지는 않았으나 외려 그 침묵 때문에 긴장감이 더 팽팽하다.

갑자기 한 제자가 멀리를 손가락으로 가리키며 소리쳤다.

"옵니다! 전서구에 적힌 내용 그대로입니다!"

수백 개가 넘는 횃불이 일사불란하게 현악문으로 다가오고 있었다. 횃불에 병장기가 번쩍거리고 빛나, 보기만 해도 등골이 서늘하다.

"속도를 보아하니 이각 안에 도착할 것 같습니다!"

모두의 얼굴에 불안감이 떠오르고, 약간의 소란이 일어났다.

"다들 자중하거라."

무당의 내외사를 책임진 운학이 흰 수염을 날리며 제자들을 진정시켰다.
청 자 배의 제자가 어두운 얼굴로 운학에게 물었다.
"사백님, 저들은 결코 좋은 뜻으로 본파로 오는 것이 아닙니다. 무력을 쓸 생각인 것 같습니다."
곁에서 다른 제자가 말을 거들었다.
"그렇습니다. 그저 사실 확인만 하려는 정도였다면 완전무장한 관병 수백을 이끌고 와서 무력시위를 하지는 않을 겁니다."
"제자들을 좀 더 불러와야 합니다."
운학이 수염을 쓰다듬으면서 되물었다.
"너희들은 관병을 상대로 싸우자는 것이냐?"
청 자 배의 제자들이 울컥한 표정으로 한마디씩 말을 내뱉었다.
"싸우지는 않더라도 무당을 함부로 보지 못하도록 힘을 보여 주어야 합니다."
"어찌 말도 안 되는 소문 하나로 본파를 반역도로 몰 수 있단 말입니까!"
"우리 무당이 그리 호락호락하지 않음을 이번 기회에 보여야 합니다! 본파를 업신여겨도 유분수지, 어떻게 이런……."
운학이 조용히 타일렀다.
"쯧쯧, 수행한다는 도사 놈들이 이 무슨 볼썽사나운 꼴들이냐."

"사백님, 하지만 너무 억울하지 않습니까."

"청요 사제의 말이 맞습니다. 저희가 이런 억울한 일에 아무 대응도 하지 못한다면 강호의 모든 문파들이 우리 무당을 무시할 것입니다."

"부산 떨지 말라 하였다."

운학이 말했다.

"지금 관병을 끌고 오는 이는 첨사 대인으로 나와는 십 년 전부터 친분을 쌓은 사이다. 명령이 있으니 어쩔 수 없이 출병하였을 것이나 너희들 말처럼 함부로 행동하지는 않을 게다."

"그, 그렇습니까?"

"첨사 대인은 사람이 탐욕스럽지 않고 사리분별이 명확한 호인이다. 걱정 말거라."

다수의 청 자 배 제자들은 물론이고 다른 제자들도 운학의 말에 조금은 안심하는 눈치였다.

그런데.

"어? 사백님, 뭔가 이상합니다?"

도착하고도 남았어야 할 관병들이 아직도 오지 않고 있었다. 일사불란하던 횃불들도 왠지 어지러워 보인다.

"무슨 일이지?"

시간이 좀 더 지나자 횃불들이 난리가 났다. 사방으로 불꽃처럼 튀는가 하면 파도처럼 출렁이기도 한다.

"문제가 생긴 모양입니다!"

굳이 말로 하지 않아도 알 수 있는 상황이었다. 그러나 정작 문제는 그것이 아니었다.

무당으로 오던 관병들에게 문제가 생긴다면 가장 먼저 의심을 받을 것이 어디이겠는가! 무당이 지금보다도 더 위험한 지경에 이를 수도 있게 되는 것이다!

깜짝 놀란 운학이 대노하여 땅을 박찼다.

"어떤 경을 칠 놈들이 감히 본파에 수작질을 하는가! 따라들 오너라!"

무당의 제자들이 운학을 따라 분연히 경공을 쓰며 몸을 날렸다. 백 명이 넘는 인원이 동시에 경공을 쓰니 넓은 관로가 순식간에 가득 차서 밀물이 몰려가는 모양새였다.

무당의 제자들은 숨 몇 번 쉴 짧은 시간 동안에 관병들의 근처까지 도달했다. 언덕만 내려가면 바로 관병들에게 닿을 수 있었다.

그런데 그 길을 누군가 막아섰다.

"어허, 잠시 멈추어 보게나."

너덜거리는 옷차림의 누군가가 막대기를 휘휘 내저으며 무당 제자들의 접근을 저지한다.

백발이 성성한 한 명의 늙은 거지였다.

운학이 손을 들어 제자들을 멈추게 했다. 곧 아래쪽에서 비명소리가 들려온다.

"으아앗!"

"사, 사람 살려!"

"막아, 막으란 말이다!"

"이히히힝!"

관병들이 습격을 받고 있었다!

그렇다면 길을 막고 있는 이자는 습격자와 한패일 것이다!

무당의 바로 지척에서 관병이 습격을 당한다? 그것을 방치한다면 당연히 무당의 체면이 구겨질 것이요, 또한 더욱 의심을 살 수도 있을 터였다.

무당의 어린 제자 한 명이 마음이 급해져 나섰다.

"어서 길을 비키시오!"

늙은 거지가 욕을 해 대며 대뜸 막대기를 휘둘렀다.

"고추에 피도 안 마른 어린놈이, 시팔. 너는 이 형이 길을 막고 있으면 그만한 이유가 있을 거라고 생각하지 않냐?"

어린 제자가 제법 현란하게 태청보(太淸步)를 밟으며 막대기를 피하려 하는데, 늙은 거지가 휘두른 막대기는 아무렇지 않게 제자의 머리를 강타했다. 마치 어디로 피할지 알고 있기라도 하듯.

딱!

"켁!"

어린 제자가 순식간에 거품을 물고 나동그라졌다. 아니,

나동그라지려는 걸 운학이 앞으로 나와 가볍게 받았다.

혼절한 제자의 명문을 가볍게 건드려 깨우면서 운학이 급하게 인사했다.

"오랜만입니다, 장로님."

"오, 운학 도장이 아니신가. 오랜만이야."

"죄송하지만 사안이 다급한지라 거두절미하고 여쭙겠습니다. 앞에 무슨 일입니까?"

"내가 내 일 때문에 그러는 게 아니라 너희 무당의 존장께서 큰맘 먹고 행사를 벌이시는데 너희가 방해할까 봐 도우려는 거야."

"예?"

"조용히들 와서 봐."

운학이 대표로 나서서 앞으로 갔다. 언덕 아래쪽으로 이어진 관도에서 난리가 벌어지고 있었다.

"으아아!"

"저놈 도대체 뭐야!"

난장판이었다.

무기와 사람과 횃불이 하늘로 마구 날아오르고 놀란 말들은 앞발을 들고 투레질을 해 대고 있었다.

누군가 관병들을 습격한 것은 확실했다.

한데 뭔가가 이상했다. 난리에 비해 규모가 매우 작았다. 관병들의 규모가 큰 원이라면 비명을 지르고 난리를 치는 규

앞으로 일 년 115

모는 아주 작은 원이었다.

"이, 이게 무슨……."

운학은 어안이 벙벙함과 동시에 불안한 한기를 느꼈다.

그랬다. 습격자는 단 한 명이었다.

관병들은 습격자에 대항하려 애를 써 봤으나 깊숙이 파고든 한 명의 습격자를 어쩌지 못하고 이리저리 튕길 뿐이었다.

"응?"

운학은 그가 누구인지 한눈에 알아보았다.

운학이 나지막하게 부르짖었다.

"모두 몸을 낮추거라!"

"사백님! 관병들이 당하고 있는데요?"

"닥치라니까!"

제자들이 놀라서 입을 다물고 몸을 납작 엎드렸다.

다행히도 관병들은 낮은 쪽에 있는 데다 소란스러워 운학들을 눈치채지 못했다.

늙은 거지가 혀를 찼다.

"쯔쯔, 그래도 운학 도장이 눈치는 빨러."

그때.

비명소리와 말의 울음소리를 뚫고 강한 진동과 함께 청명한 내력이 담긴 목소리가 밤하늘을 쩌렁대며 울렸다.

"나무아미타불! 천벌을 받아라, 이 나쁜 놈들아!"

"으아아악!"

"나무아미타불 관세음보살! 내 너희들을 모조리 도륙하리…… 아니, 혼내 주리라!"

처음엔 당황스러웠고, 그다음엔 어이를 상실했다.

"……"

무당의 제자들은 침묵했다.

익숙한 목소리였다. 어두운 밤인 데다 복면까지 하고 있었으나 목소리만은 명확했다.

"……"

침묵을 참다못한 청 자 배 제자가 운학에게 다가가 물었다.

"사백님, 저 목소리는 혹시 허……."

운학이 입을 연 제자의 가슴팍을 대뜸 걷어차서 날려 버렸다.

"시끄럽다!"

퍽!

"커윽!"

청 자 배 제자는 두어 장을 굴러 나가떨어졌다.

운학이 핏발 선 눈으로 제자들을 돌아보며 으르렁거리는 낮은 목소리로 협박했다.

"너희들 입 함부로 놀리면 내 손에 경을 칠 줄 알아라. 지금 너희들은 아무것도 못 보고 못 들은 거야. 알겠느냐?"

"……"

제자들은 사나운 운학의 기세에 눌려 대답도 못하고 고개만 끄덕였다.

그사이에도 외로운 습격자의 외침이 밤하늘을 온통 메아리치고 있었다.

"나무아미타불, 알았냐? 나! 무! 아! 미! 타! 불! 으하하핫! 죽어! 죽어!"

그야말로 관병들은 때아닌 고초를 겪고 있었다.

사문의 존장이 하고 있는 일에 괜히 전후 사정도 모르면서 나설 수도 없고, 그렇다고 관병들이 다 당하고 있는 걸 구경만 하고 있을 수도 없고…… 지켜보는 무당 제자들의 얼굴에는 땀이 빗물처럼 흘러내리고 있었다.

이각 후…… 드디어 날뛰던 복면의 습격자가 사라졌다.

* * *

관병들은 부랴부랴 진을 치고 방비에 나섰다. 부상자를 돌보고 불을 피우며 보초를 섰다.

그 모습을 조금 떨어진 수풀 속에서 보는 세 사람이 있었다.

그들은 목소리를 최대한 낮추면서도 언쟁을 벌이는 중이었다.

"아니, 그럼 당하고만 있으란 거야? 그런 개 같은 수작에 우리가 놀아나 봐. 얼마나 웃기겠어. 그러니까 나도 똑같이 해 준 거야."

"관부에서 가뜩이나 작은 꼬투리라도 잡으려 혈안이 되어 있는데 사백께서 그리하시면 어쩝니까. 사태가 더 커져 버리지 않았습니까. 반로환동하시더니 성격마저 청춘이 되신 겁니까."

운학이 한숨을 푹 내쉬며 수풀 사이로 관병들을 보았다. 관병들은 이십여 장 정도의 거리에 떨어져서 진을 치고 있는데 바짝 경계를 하고 대기 중이었다.

끊임없이 '아이고, 아이고야.' 하는 신음 소리가 들려오고 있었다.

"아, 막말로 꼬투리고 뭐고 내가 먼저 했냐? 소림이 먼저 했잖아."

"그게 꼭 우리 무당에 악감정이 있어서 그랬다기보다는……."

"아냐, 내가 볼 땐 악감정이 있는 거야. 그렇지 않고서야 일부러 보란 듯이 태극경까지 쓸 리 있어?"

"네?"

운학의 반문에 환야 허량이 고개를 돌리며 누군가에게 설명을 요청하는 몸짓을 해 보였다.

너덜너덜한 옷차림에 허리까지 오는 긴 막대기를 들고 있는 늙은 거지였다. 흰 머리는 봉두난발이고 흰 수염은 이리저리 배배 꼬여서 몇 년은 손대지 않은 듯했다. 무당의 앞길을 막았던 거지다.

늙은 거지가 걸쭉한 목소리로 설명을 더했다.

"맞어. 쌍봉우사 심적이 정확하게 증언했어. 꼬마가 탈력에 합경력법을 자유자재로 쓰는데, 태어나서 그렇게 완벽한 태극경은 처음 봤대. 웃기지도 않어. 지가 살았으면 얼마나 살았다고 태극경 어쩌구 운운을 해, 시팔놈이."

운학이 눈살을 찌푸렸다. 늙은 거지의 욕지거리 때문이기도 하지만 그의 몸에서 풍겨 나오는 악취 때문에도 절로 얼굴이 찡그려지고 있었다.

허량도 거지에게서 좀 떨어진 채로 서서 말했다.

"나도 방금 이 거지 놈한테 들어서 알았다. 우린 완벽하게 걸려든 거야. 빠져나갈 틈이 없어."

"시팔, 거지더러 거지라 그러는데 이상하게 기분이 더럽네."

운학은 거지의 말을 무시하고 허량에게 물었다.

"그게 정말 소림의 장씨 소년이 맞긴 맞습니까? 아무리 그 아이가 천재라 해도 그렇지, 어떻게 본문의 태극경을 완벽하게 펼친단 얘기가 나올 수 있단 말입니까."

"맞다니까. 내 몇 번을 말해. 현 강호에서 태극경의 일인자가 나고, 그다음이 걔야. 내가 은퇴하면 장가 꼬마가 태극경의 최고수가 되겠지."

"허허허……."

운학은 황당한 마음에 자기도 모르게 허탈한 웃음소리를 냈다.

허량이 아깝다는 투로 말했다.

"우리도 검성이 침 발라 놓을 때 같이 소유권을 주장했어야 했는데…… 에이."

운학이 고개를 저었다.

"남들이 다 탐낸다고 같이 탐을 낸다면 어디 수행하는 도사라고 할 수 있겠습니까."

거지가 침을 뱉으며 끼어들었다.

"시팔, 검성은 고물 칼 하나 던져 주고 땡잡았는데 무당은 똥구녕까지 탈탈 털리고 누명까지 썼잖아. 우리 개방은 시팔, 재수도 없게 그냥 멍하니 있다가 덤으로 뒤통수 맞았고. 에이, 더러운 세상."

운학이 찡그린 채로 거지에게 물었다.

"저희야 그렇다 치고 개방은 무슨 일입니까?"

"장가 애새끼가 술에 취해 있었다고 우리더러 무슨 관계냐 추궁이 들어왔대. 개방에 술에 취해서 하는 무공이 있지 않느냐고. 시팔, 그게 개나 소나 다 하는 건 줄 아나 봐."

결코 흘려들을 이야기가 아니었다. 무당이야 그렇다 치더라도 개방은 연루될 이유가 없었던 것이다.

운학이 낮은 신음을 흘렸다.

"으음, 아무래도 관부에서 단단히 작정을 한 모양입니다."

"그러니까 무당에도 밀려온 거지. 쟤들이 몰라서 온 게 아냐."

"원시천존…… 앞으로 적잖은 파란이 몰아치겠군요."

실로 걱정스러운 이야기였다.

그런데 그런 와중에 철없이 날뛰는 사문의 존장이라니…….

운학은 허량을 한 번 흘겨보았다.

거지가 눈치 없이 말했다.

"토사구팽하는 거야 뭐, 한두 번 있는 일인가? 한데 이번엔 좀 이상해. 너무 갑작스러운데 마치 준비된 듯 움직였단 말이야. 아무래도 어떤 호로새끼가 앞장서서 선동 중인 거 같은데…… 지금 우리 개방에서 조사 중이니까 나중에 무당에도 알려 줄게."

강호에서 역시 정보력 하면 개방이다. 물론 개방에서 알려 준다 하더라도 무당 역시 정보를 따로 구할 것이다.

"고맙습니다. 한데…… 흑개 장로님께서 왜 여기에 와 계신 겁니까. 혹시 그 사실을 알려 주시려고 오신 것인지……."

"뭐, 그것도 있는데……."

흑개라 불린 거지가 살짝 말을 흘렸다.

"방주가 시팔, 나보고 개방을 대표해서 소림사의 진산식에 가라잖아. 근데 닝기리 소림사로 가다 보니까 자연스럽게 미친놈 한 마리가 벌써 대기 타고 있다잖아? 그래서 좆도, 여기서 땡땡이나 치다가 돌아가려고 허량이랑 놀고 있었지. 그랬더니 얼어 뒈질, 그걸 또 어떻게 알았는지 방주가 소림에 꼭 가서 이번 일을 알아보라고 그러잖아, 에잉."

말버릇인지 끊임없이 쏟아지는 욕설과 냄새에 운학은 도저히 얼굴을 펼 수가 없었다.

허량은 흑개의 말을 듣고 낄낄거렸다.

"하긴 천하의 흑개라도 자연스럽게 미친놈하고는 상종하기 힘들지."

"내 말이 시팔. 근데 그걸 알면서 보내는 방주 놈도 미친 새끼지."

운학이 씁쓸하게 웃었다.

개방 방주에게 미친놈이라고 거리낌 없이 욕을 할 수 있는 이가 바로 흑개다. 현 개방의 최고 연장자인 그이기 때문이다.

그러나 그가 무서워하는 이가 딱 한 명이 있었으니, 바로…… 오황이었다.

과거 흑개가 개방의 삼대고수 중 한 명으로 불릴 때, 흑개는 오황에게 두들겨 맞고, 치욕스럽게도 '씻김'까지 당하였다. 그러니 원한은 둘째 치고서라도 오황을 두려워하지 않을 수가 없었다.

"아직도 자다가 꿈에 나와. 자다 깨서 맞고, 맞고 기절하면 깨라고 맞고, 그러다가 내가 피부처럼 사랑하던 때들이 한 겹씩 벗겨지고……."

허량이 손을 내저었다.

"그만, 그만. 어쨌든 이 꼴로 가 봐야 또 씻길 테니까 아예 미리 씻고 가라."

"그 미친놈 나 보면 아직도 지랄할까?"

"그렇지 않을까?"

"아오, 시팔. 일단 가 보고 지랄하면 그때 씻든가 해야겠다. 나이 처먹고 또 두들겨 패고 그러진 않겠지."

"에이, 더럽게."

투덜거리던 허량이 운학의 어깨에 손을 얹고 말했다.

"잘 들었지? 그러한 이유로 나는 소림을 좀 다녀와야겠다. 이 친한 거지새끼의 간절한 요청을 거절할 수도 없거니와, 어쨌든 누군가는 무당을 대표해서 소림에 한 번 다녀와야 하지 않겠냐? 네가 잠깐만 눈감아 주면……."

"눈을 감아 줘요? 이런 일을 저질러 놓으시고요!"

운학이 끙 하고 신음 소리를 냈.

"지난번 회의에서 소림의 횡포에 가까운 은퇴 결정에 대해 항의의 의미로 진산식에 참가하지 않기로 하였습니다. 게다가 사백께서는 무당을 벗어나시면 안 되는 몸입니다. 잊으신 건 아니겠지요?"

"아, 그러니까 잠깐 눈감아 주면……."

그때 관병들 중에서 장수의 복장을 한 누군가가 앞으로 나왔다. 무당의 제자들은 물론이고 다들 근처에 쥐 죽은 듯

숨어 있으니 사람이 있는지 없는지 알 턱이 없을 터였다.

그러나 장수는 이미 다 알고 있다는 듯 외쳤다.

"들으시오! 나는 도독부의 명을 받고 온 첨사 노국이오! 근처에 무당에서 나온 고인이 있음을 알고 있소. 어서 나오시오!"

허량이 흠칫했다.

"어떻게 알았지? 저놈, 나보다 고수인가?"

운학은 지끈거리는 머리를 짚었다.

"저들이 바보도 아니고, 그럼 모르겠습니까? 대놓고 아미타불을 외치면 누구라도 이상하게 생각할 겁니다. 더군다나 이곳은 본파의 영역인데 소란이 났음에도 아무도 나와 보지 않았으니 그것도 이상하게 생각해도 당연한 일이지요!"

"에이, 너는 농담도 모르냐."

"지금 농을 할 때입니까?"

첨사 노국이 다시 외쳤다.

"눈 가리고 아웅 하려는 생각이면 포기하시오! 내 무당의 억울함은 이해하나 이런 식으로 해결될 수 있다고 착각하지 않는 게 좋을 것이오! 당장 나타나지 않으면 사태가 악화될 거라는 걸, 내 첨사직을 걸고 약속하겠소!"

운학이 '어이쿠야' 하면서 눈을 감았다.

그러고는 허량에게 조용히 말했다.

"어쩔 수 없습니다. 관아로 잡혀가시거든 최대한 시간을

앞으로 일 년 125

끌어 주십시오. 그 사이에 장문께 이 일을 알리고 첨사 대인과 따로 만나 얘기를 하여 볼 것입니다. 지금은 보는 눈이 많아 어쩔 수 없습니다."

허량은 쩝 하고 입맛을 다셨다. 운학이 마치 당연하다는 듯 감옥에 잡혀가라고 쉽게 말한 의미를 깨달았다.

"괜한 짓을 했구나. 내가 아니면 네가 스스로 관부에 가려 했느냐?"

"정 얘기가 안 통한다면 그리할 생각이었습니다만…… 이렇게 될 줄은 몰랐습니다. 흑개 장로님의 말씀대로 정보가 너무 부족합니다. 누가 뒤에서 사주를 하고 있는지, 이것이 황실의 뜻인지 저희는 아무것도 모릅니다. 시간이 필요합니다."

"에이, 할 수 있나. 그럼 가야지. 옥에 갇힌다면 조금이라도 어린 내가 가야지."

허량이 툴툴대자 흑개가 비명에 가까운 신음 소리를 냈다.

"으헉? 그럼 나랑 같이 소림에 못 가는 거야? 그 미친놈을 나 혼자 만나야 돼?"

흑개가 불쌍한 눈으로 허량을 쳐다보았지만 허량도 어쩔 수 없었다. 허량도 문파에 매여 있을 수밖에 없는 몸이다.

"미안하다, 거지새끼야. 꼭 씻고 가라."

"아오, 시팔."

흑개는 오만상을 찌푸리며 침을 뱉었다.

고작 이틀 안에 태화산에서 소림사까지 가려면 발에 땀이

나도록 뛰어야 할 판이었다. 게다가 말도 안 통하는 미치광이를 만나는 건 정말 끔찍한 일이었다.

그것도 무공이 고강한 미치광이란…… 솔직히 강호의 안위고 나발이고 모두 집어던지고 싶은 것이 흑개의 진짜 심정이었다.

　　　　＊　　　＊　　　＊

객잔 뒤 공터.
차라락!
허공으로 솟구치던 수많은 검기의 다발들이 허무하게 날아가 버렸다. 그것도 그저 횡으로 그은 단 한 수로.
"큭."
급작스럽게 내공을 거둔 고현의 입가에 피가 맺혔다. 내상을 입어 잠시간 안색이 붉으락푸르락 변했다. 검기도 희미해졌다.
하지만 눈 한 번 깜박이기도 전에 다시 색이 진해지며 검이 움직이기 시작한다. 눈부신 섬광과 함께 정밀한 검막이 펼쳐진다. 도저히 내상을 입은 모습으로는 보기 어렵다.
그럼에도 불구하고 그 잠깐 사이에 검막을 뚫고 지팡이 하나가 고현의 가슴에 와 닿았다. 고현이 눈살을 찌푸리며 검막을 멈추었다.

곧 날카롭게 한마디가 쏘아진다.

"멀었네. 내공으로 모든 걸 다 극복하려는 생각은 버리게. 물론 공력을 이렇게 운용할 수 있는 자는 강호를 통틀어서 문주가 유일할 테지만, 앞으로 문주가 상대할 고수들은 찰나의 순간에 생사를 결정지을 능력이 있다는 걸 잊으면 안 될 것이네."

입가의 피를 닦으며 고현이 검초를 회수했다. 눈앞에 있는 노인도 혈광을 뿌리며 지팡이를 거두었다.

"이해할 수가 없소."

고현이 불평하듯 말을 꺼냈다.

"태상과 함께하기로 한 지 얼마 되지 않았지만, 그동안 나는 태상의 한 수를 버틴 적이 없소. 그런데 태상은 뭐하러 나를 내세우는 것이오? 태상이 꿈꾸는 강호를 위해서라면 태상이 직접 나서도 되지 않소?"

"클클클."

오밤중인데도 섬뜩한 붉은 빛이 태상의 눈에서 흘러나온다. 그 때문에 낮에는 늘 방갓을 써야 하는 불편함이 있었다.

"문주, 분명히 지금의 나는 매우 강하다네. 당금의 강호에서 몇이나 이 노부의 권장을 받아 낼 수 있을지 나 또한 매우 궁금한 지경일세, 크크크."

이 광오한 말에도 고현은 동요하지 않았다. 그도 인정하고 있었다. 이미 우내십존 중의 둘을 거꾸러트린 태상이 아닌가!

비록 검성에게 지긴 했어도 이미 일인지하 만인지상임을 스스로 증명하였으니, 고현은 그의 말에 토를 달 필요가 없는 것이다. 그리고 고현은 느끼고 있었다. 눈앞의 태상은 이미 그때보다도 더욱 강해져 있다는 걸.

그러니 고현의 의문은 증폭될 뿐이다.

"하여 묻는 것이오. 왜 태상은 스스로 몸을 세우지 않소?"

"클클클, 문주…… 스스로를 자책하지 마시게. 문주는 충분히 강해질 수 있네. 이 세상 그 누구보다도 강해질 수 있는 잠재력을 갖고 있네. 천하제일인으로 만들어 주겠노라…… 노부는 문주에게 그리 약속하지 않았는가."

"분명히 그랬소. 천하제일이 아니면 대마두로 만들어 주겠노라 하였지."

"문주는 지금도 강해지고 있고 또 계속 강해질 것이네. 그러다 어느 순간 나를 넘어설 것임도 확신하네."

"하지만 지금은……."

"분명한 것은!"

태상이 고현의 말을 딱 잘랐다. 음산한 웃음과 함께 혈광을 뿌리며 천천히 입을 연다.

"분명한 건 문주가 나보다 더 강해질 때까지 내가 살 수 있을지 장담할 수 없다는 것일세. 알겠는가? 그날은 매우 빨리 올 것이고, 문주가 아니라 내가 탑을 쌓는다면, 내가 사라질 그날에 모든 것이 함께 날아가 버릴 것이야."

고현이 침중하게 물었다.

"얼마나…… 얼마나 걸릴 것 같소……?"

"길어야…… 일 년, 일 년 남짓으로 보고 있네."

"긴 일 년이 되겠구려……."

"그리 길지 않을 것이네."

자신의 목숨을 남의 것인 양 쉽게 말하면서 태상이 지팡이로 바닥을 툭툭 쳤다.

"조금 전 객잔에서 하오문의 정보원에게 듣지 않았는가. 관군들이 갑작스레 무당산과 개봉으로 출군하였다고."

"들었소. 중군도독의 자제를 습격한 이가 무당의 제자였다고도 하고 술에 취해 무공을 펼쳐 개방이 의심을 받고 있다는 것도 들었소. 개방에 그런 무공이 있다고……."

"클클클. 하오문의 정보원이 말하길, 무당의 무공인지 그 자리에서 알아본 것은 쌍봉우사 한 명뿐이었다고 하네. 자, 그럼…… 여기에서 의문이 생기지 않는가?"

"무슨 의문 말이오?"

"술을 마셔도 펼칠 수 있는 무공이 개방에 있는 것은 맞네. 그런데 무공을 알아볼 수 있던 유일한 자가 무당파의 무공이라 확언하였는데 어째서 개방까지 의심의 대상에 포함이 된 것일까?"

"흠?"

고현이 고개를 끄덕였다.

"듣고 보니 그러하구려. 사실 나는 개방에 술을 마시고 행하는 무공이 있다는 것도 처음 들었소이다."

"바로 그러하네! 그건 강호인들에게조차 생소하네. 그만큼 난해하여 어지간한 개방의 고수들도 펼치지 못하는데 어찌 세상에 알려지겠는가."

"확실히 이상하오. 무당파의 무공이란 걸 알아본 자가 한 명뿐이라 하였는데, 잘 알려지지도 않은 개방의 무공이라고 의심한 것은."

"그렇다네. 그것으로 인해 난 이번 일이 매우 재미있게 돌아간다는 걸 알 수 있었네."

"무엇이오?"

"소림이 쌍봉우사 이상의 고수들에 의해 감시되고 있었다는 것. 그리고 같은 이유로 습격한 자가 개방의 무공을 썼음이 확실하기에 관병이 움직였다는 것."

"그렇다면……."

"쌍봉우사보다 훨씬 고수이며 강호의 무공에 통달해 있으나 관병을 움직였으니 강호인은 아니고, 그러면서 도독부에까지 영향을 끼칠 수 있는 이가 얼마나 있겠는가. 정확히는 조직이라고 해야 할까?"

고현도 바짝 긴장했다.

알지 못하는 무언가가 물밑에서부터 벌어지고 있었다.

"객잔에서 하오문의 정보원에게 서찰 하나를 건네더니……그것과 관계가 있는 일이었소?"

혈광이 더욱 짙어진 태상이 대답 대신 큰소리로 웃었다.

"크카카각, 내 장담함세! 앞으로의 일 년은 문주의 생각처럼 결코 지루하지 않을 것이야!"

제 **4** 장

마해 곽모수

새하얗게 날이 밝았다.

이제 소림의 진산식도 단 하루 앞으로 다가와 있었다.

마치 모든 것이 변화하려는 듯, 꽃망울이 터지기 직전의 고요한 아침이었다.

상달은 장건을 가만히 바라보고 있었다.

밤새 반경 일 장여를 온통 헤집어서 쑥밭으로 만들어 놓은 사실을 아는지 모르는지 무척 편한 얼굴로 눈을 감고 있는 장건이었다.

상달이 발로 돌멩이를 툭 하고 걷어찼다. 공력이 실린 돌멩이가 장건을 향해 날아갔다.

하지만 돌멩이는 장건에게 다가가기도 전에 팍! 소리를 내며 다른 데로 튕겨 나간다.

장건을 둘러싼 보이지 않는 힘이 돌멩이를 쳐 낸 것이다. 저 '무언가'에 양소은은 물론이고 무진과 자신 역시 호되게 당했다.

"흐음."

상달은 인상을 썼다.

"진짜 저게 별거 아닌 거 맞아?"

기감을 느껴서 피해 보려고도 했고 호신기로 막아 보려고도 했지만 모조리 실패했다. 상달이 아는 그 어떤 방법으로도 장건의 방어를 뚫을 수 없었다. 아니, 방어가 아니라 공격이라고 해야 할까?

"도대체 저게 공명검이랑 다를 게 뭐냐고."

그나마 검성은 손가락이라도 들었지, 장건은 아무것도 하지 않는다. 공격의 기미도 없고 눈치를 챌 수도 없다. 희미한 기의 유동이 느껴지는 순간 벌써 눈에 별이 보이기 시작한다.

"이러면 검성하고 붙어도 이기는 거 아냐? 아니, 도대체 누가 저런 수법을 이겨?"

단순히 생각해도 보이지 않는 채찍을 몇 개나 마구 휘두르고 있는데 그걸 어떻게 피하겠는가.

공력까지 적잖이 실려 있어서 내공이 정순한 명문 정파 소림의 대제자인 무진도 몇 방 버티지 못했다.

"아무리 봐도 당장 저러고 나가면 우내십존에서 한 자리

차지할 법한데……."

우내십존이라 할지라도 저런 수법을 감당할 수 있을까 생각해 보는 상달이다.

노인네들 사이에 낀 소년이라…… 생각만 해도 잘 그려지지 않는 그림이다.

어쨌거나, 상달은 그렇게 생각하긴 하지만 오황은 좀 다른 것 같다. 만일 장건이 정말 우내십존 급으로 성장하였다면 당장 오황이 그 사실을 증명했을 터였다. 거짓말을 해도 티가 나는 오황이기 때문에 숨길 수가 없는 것이다.

그런데 오황은 아무렇지도 않게 저걸 재밌어서 내버려 둔다고 했다. 회피한다거나 거짓말을 한다는 느낌은 없었다.

거기다 검왕 남궁호가 전각을 부순 사건과는 비교도 안 된다고 했다.

그 사건은 상달도 잘 알고 있었다.

십수 년 전, 깨달음을 얻은 검왕이 갑자기 무아지경에서 마구 검을 휘두르기 시작했다. 그러나 남궁가에서는 그를 제지할 사람이 없었다. 아니, 제지하려고도 하지 않았다. 남궁가로서는 검왕이 더 높은 경지에 오르길 바라니 그를 막을 필요가 없었다.

마치 무언가를 갈망하는 사람처럼 검왕은 사흘 밤낮을 쉬지 않고 검을 휘둘렀고, 순식간에 그 사실이 전 강호로 알려졌다. 흔치 않은 구경이라 경공까지 쓰며 보러 온 무인들로 인해 남궁가는 인산인해를 이루었고, 몇몇 이름난 무인들은 검왕의 검무에 영향을 받아 덤벼들기도 했다.

거기에 오황도 있었다.

난다 긴다 하는 다른 무인들이 겨우 몇 수 만에 피를 뿌리며 나가떨어졌으나 오황은 달랐다. 오황은 십여 수를 겨루었는데 조금도 밀리지 않았다.

그러다가 돌연 오황이 몸을 빼냈다. 그 같은 고수끼리의 싸움에서 억지로 몸을 빼내면 위험하기 마련이다. 더구나 검왕은 무아지경의 상태라 몸을 뺀다고 봐주거나 할 상태가 아니다.

당연히 오황은 피를 한 사발이나 토하는 지독한 대가를 치렀다. 그러나 낄낄대고 웃었다.

왜 그랬느냐, 왜 웃느냐 하는 상달의 물음에 오황은 이렇게 대답했다.

―내가 왜 저놈 좋은 일을 해 줘?

결국 검왕은 더 이상 상대를 찾지 못하였고, 마침내 남궁가의 삼 층짜리 전각을 통째로 난도질하여 무너트린 후에야 검무를 멈추었다.

―아쉽구나!

검무를 끝낸 검왕이 그렇게 한탄하며 길게 한숨을 쉰 것도 유명한 일화였다.

상달은 곰곰이 그때의 생각을 돌이켜 본다.

"흐음."

그래. 그런 면에서 보자면 오황의 행동도 이해가 간다. 오황은 어젯밤 자신이 직접 나서서 장건을 더 높은 길로 이끌어 줄 수 있었다. 그러나 그렇게 하지 않았다.―물론 상달은, 오황이 괜히 더 끼어들었다가 장건이 엉뚱한 방향으로 빗나갈까 봐 두려워하는 걸지도 모른다고 생각했다.―

여하튼 방장에게 부탁을 받았다느니 어쨌다느니 하는 건 둘째 치고서라도 결국 오황은 남이다.

제아무리 소림과 친한 사이라도 남의 문파 제자에게 제 밑천을 다 드러내면서까지 장건에게 투자할 필요가 없다. 외려 너무 많은 영향을 주게 되면 소림에서 좋은 소리도 못 들을 수 있다.

계기를 만들어 주고 단서를 던져 주어 스스로 성장하게 만든 것만 해도 오황은 충분히 소림에 빚을 지게 만들었다.

오황은 장건에게 혼돈을 경험하게 해 준다 했고, 그것은 나름대로 성공했다.

그 증거로 오황은 새벽까지 장건을 지켜보다가 이렇게 한마디를 내뱉었다.

―이제 내 할 일은 다 했다.

이왕 해 줄 거 더 은혜를 베풀면 좋으련만, 오황의 생각에서는 딱 거기까지인가 보다.

"거참."

상달은 입맛을 다시며 다시 한 번 좌정하고 앉아 있는 장건을 본다.

"그렇다면 지금 상태가 완성된 게 아니라는 건데……."

마치 검왕의 불완전한 제왕검형처럼 장건의 현 상태도 그러하다는 뜻이다. 상달이 보기엔 완전무결해 보이는 저 어디에 장건의 약점이 있는 것일까?

상달은 다시 오황의 말들을 곱씹어 본다. 대부분은 쓸모없는 말인데 그 속에 진리가 담겨 있기도 하니 말이다.

"어라?"

그러고 보니 이상한 점이 있긴 하다.

오황이 장건의 수법을 보고 능공섭물의 일종이라고 한 것이다. 딱히 다른 말로 표현하지 않고 계속 능공섭물의 일종이라고만 했다.

이제까지는 그걸 장건이 워낙 이상한 놈이니 달리 부를 말이 없어서 이거나, 오황이 스스로 독학하여 자수성가한 무인이라 표현을 잘 몰라서 그런가 보다 하고 생각했다.

아무래도 오황이 긴 역사를 가진 명문의 제자가 아니다 보니 독학으로는 한계가 있었다. 최상급에 속하는 무학에 대해서는 머리로는 알지만 표현하는 말은 모른다.

그러나 그런 오황이라도 능공섭물과 아닌 것을 구별하지 못할 리가 없다. 능공섭물의 한 부류로 말했다는 건 능공섭물의 수법을 기반으로 했다는 뜻이다.

물론 능공섭물을 하루 온종일 한다는 것 자체도 믿을 수 없는 일이긴 하지만, 굳이 그렇게 말하는 자체가 묘한 구석이 있다. 상달이 보기엔 신화경(神化境)이라고 해도 무방한데 말이다.

 이기어검이나 신검합일처럼 공격적인 어떤 그런 수법의 경지가 아니라 단순히 능공섭물로 치부한 의도를 좀처럼 알 수가 없었다.

 "아, 진짜 모르겠네."

 상달이 머리를 박박 긁었다.

 "도대체 얼마나 고수가 되어야 저게 완벽하지 않다고 말할 수 있는 거야?"

 쿵 하고 콧김을 힘차게 뿜어낸 상달이 장건을 노려보았다.

 "한 번 더 부딪쳐서 알아봐?"

　　　　　＊　　　＊　　　＊

짹짹.

 장건은 산새의 지저귐과 함께 마당에서 깨어났다. 앉은 채로 언제 잠이 들었는지 잘 기억은 나지 않지만 그래도 이상하게 개운했다.

 "후아…… 암…… 응?"

 장건은 튕기듯 벌떡 일어나서 두 눈을 동그랗게 떴다.

"헉! 이, 이게 뭐예요!"

장건을 중심으로 사방 삼 장여가 온통 파헤쳐져 있었다. 곡괭이로 그냥 마구 찍어 버린 듯 초토화가 된 현장이었다. 게다가 자기의 온몸에 흙먼지가 뽀얗게 앉아 있었고, 아직도 허공에 흙먼지가 날리는 중이었다.

누군가 장건의 말에 대답했다.

"아, 뭐긴 뭡니까. 누가 쓸데없이 그런 짓을 했겠어요. 제가 그랬을까요?"

"윽! 쓸, 쓸데없이라니요…… 으……."

장건은 몸서리를 쳤다. 흐릿하게 뭔가 마구 두들겼다는 기억이 나는 것으로 보아 자신이 한 모양이었다.

오그라드는 손발을 애써 힘주어 막으며 장건은 대답한 이를 쳐다보았다.

상달이 퀭한 눈으로 장건을 노려보고 있었다. 어째서인지 얼굴이 엉망이다. 멍들고 터지고…… 코피도 줄줄 흘리고 있다.

장건은 얼굴이 왜 그러느냐고 물으려 했다. 그런데 상달이 흘겨보는 눈초리가 심상치 않다.

'으아아…… 저것도 내가 그런 건가?'

상달과 눈이 마주친 장건이 어색하게 웃었다.

"헤헤."

"헤헤?"

상달은 주먹을 부르르 떨었다.

"어제만 해도 혼자 어디 가서 물에라도 빠져 죽을 거 같이 그러더니, 이젠 헤헤? 지금 웃음이 나옵니까?"

장건이 딴청을 부렸다.

"그런데 다들 어디에 있어요? 아무도 안 보이네요?"

"흥, 방에서 잠을 자고 있어서 안 나오고 있는지 장 소협이 어째 압니까? 장 소협이 일어나면 다 나와 봐야 합니까?"

"그게 아니라 아무도 없어서 여쭤 보는 거예요."

상달은 속으로 윽! 하고 놀랬다. 괜히 찔러보는 건가 싶어서 표정을 보니 늘 그렇듯 순수한 표정이다.

'저 순수한 표정에 속으면 소림사같이 망하는 거지. 근데 아무도 없는 건 어떻게 알지?'

마당 구석에서 방까지 거리가 좀 있는데 그걸 느끼는 모양이다. 소리도 아니고 인기척으로 십여 장이 넘는 거리를 느끼는 건 뭔가 이상하다. 하지만 이상하다고 해도 소용없다. 그게 장건이니 말이다.

장건이 이상한 일을 벌인 게 아니라, 장건아 한 일이라 이상한 일이 되는 이 기가 막힌 상황은 벌써 몇 번이나 경험한 터다.

"쩝, 이른 새벽부터 일이 있어서 나갔습니다. 저는 여기서 장 소협의 호법을 서고 있었고요."

"무슨 일인데요?"

"저의 전 사부님은 소림의 부탁을 받고 급히 나가셨고, 세 소저들은 돕겠다면서 구경 갔죠."

돕겠다고 구경을 간다는 건 얼핏 아무렇지 않게 들려도 어딘가 애매하게 비꼬는 말이었다. 하지만 장건은 그냥 있는 그대로 받아들였다.

"그랬군요. 그럼 저도 올라가야겠어요. 나중에 오면 저 먼저 올라갔으니까 내일 뵙자고 전해 주세요."

장건은 몸을 잘게 흔들어 몸에 붙은 흙먼지를 털어 냈다. 어찌나 잘게 움직이는지 몸 전체가 진동하는 듯했다.

푸스스스.

당연히 흙먼지가 자욱하게 흩어진다…… 라고 생각했던 상달은 그게 착각이라는 걸 깨닫기까지 잠시의 정신적 혼란을 겪어야 했다.

자욱하긴 한데 흩어지진 않고 잘 모아져서 자욱했다. 먼지로 만든 커다란 구름이 공처럼 굴러다니고 있었다. 장건이 그걸로 공놀이라도 하는 양 싶지만, 정작 장건은 손가락 하나 까딱 안 하고 무슨 땅에 박아 놓은 쇠꼬챙이처럼 서 있을 따름이었다.

먼지 공만 혼자 굴러다닌다.

'아…… 보기만 해도 짜증이…….'

오황이 왜 맨날 부자연스럽다느니 어쩌느니 하면서 장건을 구박했는지 알 것 같았다. 멀쩡한 정신에 정상적인 사고를 가진 자기도 이렇게 보기 불편한데 오황은 오죽했겠는가.

'혼돈이니 뭣인지에 들어서서 밤새 저랬던 거 아니었나? 왜 다시 원래대로 돌아온 거야?'

그런데…….

"어라? 장 소협…… 뭔가 달라진 거 같은데요?"

"뭐가요?"

"아니, 그냥 왠지 얼굴에 좀 더 윤기가 흐르는 거 같고…… 사람이 좀 달라 보이는데요. 기분 탓인가?"

상달이 고개를 갸웃거렸다. 장건은 방금까지 흙먼지를 뒤집어쓴 사람 같지 않게 말끔하다. 먼지 터는 술수도 참으로 희한한데 방금 목욕이라도 하고 난 사람처럼 깨끗하니 신기한 일이다.

"그래서 내가 착각하는 건가?"

하긴 심적인 변화든 깨달음이든 뭔가 생겨서 달라졌다면 어제와 똑같이 행동하지는 않을 것이니 말이다.

"무슨 말인지 잘 모르겠는데요."

장건은 여전히 먼지로 만든 공을 굴리면서 어디다 버려야 하나 고민하는 중이었다.

그러다가 산을 올라오는 한 사람을 발견했다.

뒤로 약간 젖혀진 거무스름한 유건(儒巾)을 쓰고 전형적인 흰색의 도포를 걸쳤으며, 뒤에는 책과 문방사우를 넣을 수 있는 네모난 서궤(書櫃)를 짊어진 중년의 학사였다.

장건이 가만히 그쪽을 바라보자 그제야 상달도 사람이 오는 것을 알았다. 처음엔 혹시 자기를 잡으러 오는 건가 하고 놀랐던 상달은 상대가 문인임을 알고 가슴을 쓸어 내렸다.

상달이 큰 소리로 외쳤다.

"거기 학사님! 이쪽은 더 이상 길이 없수! 갈림길까지 다시 내려가서 우측이 소림으로 가는 길이고, 좌측이 내려가는 길입니다~! 괜히 힘들게 올라오지 마시고 얼른 내려가시오~!"

올라오던 중년의 학사는 걸음을 멈추지 않고 올라오며 대답했다.

"거기가 내가 찾는 곳이 맞는 것 같네."

"엥?"

상달은 뭔가 이상하다는 생각을 했다. 갑자기 팔에 쭉 소름이 끼쳤다.

"헉!"

중년 학사는 그저 조곤조곤히 말했을 뿐인데 아주 똑똑히 말이 들렸던 것이다. 그것도 무려 삼사십 장은 족히 넘는 거리에서!

"장 소협! 튑시다! 튀어야 돼요! 얼른!"

장건이 눈을 끔벅거리면서 되물었다.

"왜요?"

"저런 엄청난 고수가 우릴 찾아왔는데 무슨 이유가 있겠습니까! 당연히 우릴 잡으러 온 거지요!"

"하지만 도망치긴 늦었는데요?"

"늦기는 뭐가……."

상달이 경공을 써서 산의 반대편으로 내려가려 하다가 멈추었다.

"꽤 외진 곳이구먼."

어느새 마당에 올라와 느릿한 혼잣말을 내뱉으며 도포를 툭툭 터는 중년 학사의 모습이 눈에 들어온 탓이었다.

"하, 하하…… 하필 이럴 때 전 사부님도 없는데."

상달은 식은땀을 흘렸다. 아무런 위압감도 없는데 팔다리가 후들거리고 떨렸다.

중년의 학사는 그저 평범해 보일 뿐이었다. 그러나 상달은 중년 학사의 경지를 아예 추측할 수조차 없었다. 그냥 벽 하나가 떡하니 막고 있는 것 같았다.

그건 그가 도저히 상상할 수 없는 고수라는 걸 의미했다.

'사부님보다 약간 모자란? 아니…… 어쩌면 그 이상…… 으아아, 도대체 누구지?'

달아날 수도 없었다. 말 몇 마디 하는 사이에 삼사십 장을 뛰는 고수를 어떻게 피한단 말인가.

상달이 마른침을 삼키면서 겨우 물었다.

"고, 고인께서는 누, 누구십니까?"

"고인은 무슨. 나는……."

중년의 학사가 막 대답을 하려다가 상달을 한 번 위아래로 훑어보더니, 다시 장건을 쳐다보았다. 장건을 꼼꼼하게 보더니 장건이 굴리고 있는 먼지의 공에서 시선이 멈추었다.

"어허?"

상달은 충분히 중년 학사를 이해할 만했다. 제아무리 대단한 고수라도 장건을 처음 보면 놀라기 마련이었다. 지금도 몸은 가만히 있는데 먼지만 둥글게 뭉쳐서 주변을 굴러다니고 있지 않은가.

어쨌거나 놀란 건 놀란 거고 지금의 상황은 대단히 위험하다. 상달이 긴장하고 모른 척 물었다.

"왜, 왜 그러십니까요?"

"아아, 아닐세. 어쩌다가 이런…… 쯧쯧. 이거야 원, 이래서 꼭 눈으로 확인하라 했거늘."

"네?"

"잠깐만 기다리게."

중년 학사는 어깨에 건 서궤를 내려놓고 두텁게 엮은 책을 꺼냈다. 그러고는 작은 붓을 꺼내어 뭔가를 휘휘 적기 시작했다.

"완전히 잘못됐잖아. 어떻게 이걸 이따위로 적어 놨나. 어허…… 여기도 틀렸네? 에이…… 어떻게 일을 이렇게 하는고. 가만있어 보자. 이런 건 조금 애매한 데가 있군. 그래, 확실히 직접 보니 잘못 기술한 걸 이해할 만해. 으흠…… 그래도 이렇게까지 잘못 써 놓으면 어떡하나."

무슨 말을 하는지 알 길이 없어서 장건과 상달은 서로를 마주 보았다.

갑자기 중년 학사가 붓을 멈추고 고개를 들었다. 먹물이 묻은 붓으로 장건의 앞에서 제 혼자 굴러가는 듯 보이는 먼지 꾸러미를 가리킨다.

"근데 그 먼지는 안 버리는가? 그냥 노는 중인가?"

사실 상달도 그게 좀 궁금했다. 몸을 털어서 흙먼지를 잘 모아 놓고는 아까부터 안 버리고 계속 굴리고 있는 것이다. 능공섭물인지 뭔지 하는 수법으로 손도 안 대고.

장건이 어깨를 으쓱했다.

"저…… 그게요."

"흙먼지는 그냥 어디에나 있으니까 아무 데나 흩어 버리면 되네."

장건이 가만히 먼지 공을 보고 있다가 어색하게 웃었다.

"사실은…… 기껏 모아 놨는데 버리려니까 좀 아깝기도 하고 그래서, 어디 쓸데 없나 하고 고민 중이었어요."

상달은 켁! 하고 사레가 들렸다. 다른 사람이 얘기했다면 그냥 농담이겠거니 할 텐데 장건이 한 말이라 그냥 흘려 넘길 수 없었다.

'먼지를 어따 쓴다고 못 버려!'

세 소저들이 안 보길 천만다행이었다. 지금 저 얘기를 들었다면 거품을 물고 기절했을지도 모르는 일이었다.

그러나 중년 학사는 아무렇지 않게 고개를 끄덕였다.

"그럴 수도 있지. 하지만 내 보기엔 아무 쓸데가 없을 것 같구나. 놓아야 할 때 마음에서 놓지 못하면 병이 되는 법이니, 그땐 남에게 도움을 청하는 게 좋다."

얼굴 표정 하나 안 변하고 진중하게 하는 말이라 상달은 중년 학사도 이상하게 보였다.

'뭐, 저딴 걸 진지하게 받아들이지?'

중년 학사가 붓을 들었다.

"내가 도와주마."

돌연 기세가 변했다.

지극히 평범해 보이던 학사의 주변 기의 흐름이 급격히 빨라진다. 사방에서 일정한 방향도 없이 마구 불어 대는 광풍 같은 느낌이었다. 그럼에도 중년 학사의 표정은 하나도 변한 게 없다.

"큭!"

상달이 주춤거리고 물러섰다. 실제로는 바람 한 점 불지 않는데 기의 유동이 무시무시하다. 휩쓸리면 혈맥이 다 터져 나갈 것 같다.

위이이이잉—

귀에서 울리는 이명 때문에 머리가 깨질 것 같았다.

이것도 정말 기이한 일이다. 보통 이 정도로 공력을 개방하면 세찬 바람이 불고 사방에 난리가 나야 정상이었다. 그런데 학사는 물론이고 영향을 받는 상달도 옷자락 하나 흔들리지 않는다.

'이, 이게 도대체……!'

하지만 장건은 표정을 찡그릴 따름이었다.

"아, 또?"

상달이 보면 둘 다 정상이 아니다. 먼지를 어디에 쓰냐는 말에 진지하게 답변해 주더니 공력을 끌어 올린 쪽이나, 엄청난 기세가 쏟아지고 있는데도 '또냐?'라는 쪽이나.

'미치겠네. 장 소협은 어째서 사건 사고를 몰고 다니는 거냐!'

고래 싸움에 새우 등 터진다고, 이런 고수들에게 얽혀 봐야 좋은 꼴 볼 리 없었다.

위이잉—

계속해서 울리는 이명과 함께 온몸의 솜털이 바짝바짝 선다. 이런 무공은 본 적도 들은 적도 없다.

아니, 가만히 생각해 보니 들은 적이 있는 것도 같았다.

'설마?'

광풍의 몰아침이 정점에 이르러 상달이 더 참기 어렵다고 생각한 순간이었다.

중년 학사가 들고 있던 붓으로 허공에 점 하나를 쿡 찍으며 낭랑하게 외쳤다.

"귀절 찍을 주(ヽ)!"

그 순간.

주변의 모든 기가 붓 끝으로 몰려드는 착각이 들더니, 사방을 헤집던 기의 유동이 말끔히 사라졌다.

팟!

동시에 장건의 앞에서 굴러다니던 먼지 공이 터졌다. 둑이 터지듯 한꺼번에 터져서 사방으로 흙먼지가 비산한 게 아니라, 그냥 자연스럽게 구름이 되어 흩어진다.

"어?"

장건은 다친 데가 없었다. 그저 눈을 휘둥그레 뜨고 있을 뿐이다.

'겨우 먼지 공 터뜨리겠다고 이 난리를 친 거냐!'라고 상달은 말할 수 없었다.

장건의 '보이지 않는', '능공섭물 같은 종류의' 수법이 얼마나 까다로운지는 직접 몸으로 겪었으니까.

그런데 그 수법을 한순간에 격파해 버린 것이다.

당사자인 장건도 어지간히 놀랐다.

본래 기의 가닥으로 먼지 구름을 이리저리 굴려서 공처럼 모아 두고 있었는데, 기의 가닥들이 한순간 제어를 벗어난 것이다.

중년 학사가 허공에 붓으로 점 한 번 찍은 순간, 갑자기 기의 가닥들이 축 늘어졌다.

그러나 그건 분명 단순히 허공에 점 한 번 찍었다고는 치부할 수 없는 거대한 한 수였다.

또한 장건이 이제까지 '봤던' 무공들 중 가장 희한한 것이기도 했다.

마치 공명검을 처음 봤을 때처럼 장건은 어마어마한 충격을 받았다.

푸스스.

흙먼지와 함께 장건이 뽑아낸 기의 가닥들도 대자연에 있던 본래의 형태로 흩어져 사라졌다. 장건이 기를 회수하려고 했지만 그럴 수가 없었다. 마음만 먹으면 쉽게 다루던 기가 더 이상 장건의 말을 듣지 않았다.

그때 상달이 말까지 더듬으며 소리쳤다.

"마, 마해(魔解) 곽모수!"

중년 학사는 그사이에도 붓으로 책에 뭔가를 기재하더니 상달을 보지도 않고 되물었다.

"나를 아는가?"

상달은 아차 싶었다. 사람을 앞에다 두고 이름을 함부로 불러 댔으니 심각한 무례였다.

상달이 얼른 고개를 숙였다. 최대한 공손하고 최대한 예의 바르게.

"그, 그러믄입쇼. 저희 사부님께 말씀 많이 들었습니다요."

마해 곽모수가 철판을 깐 듯 변하지 않는 표정으로 쳐다보았다.

"자네의 '전' 사부가 내게 그리 좋은 얘기를 하지는 않았을 건데?"

"에? 헤, 헤헤헤. 그냥 말씀만 들었다는 얘깁죠. 네, 물론 저는 가만히 듣고만 있었습니다. 헤헤."

"흠."

상달을 계속해서 쳐다보자 상달이 주춤하면서 자신의 앞을 양팔로 가렸다. 연모하는 사람을 앞에 두고 수줍어하는 처녀처럼 어울리지 않는 태도였다.

"헤헤, 헤헤헤."

"자네는 별로 진전이 없어서 두려워하지 않아도 되네. 아니, 오히려 전보다 더 퇴보했군. 다시 기재해야겠네."

마해 곽모수는 상달이 도저히 이해할 수 없는 말을 하며 다시 두꺼운 책을 펼쳤다.

"자, 잠깐만요! 저는 곽 어르신을 처음 보는데 그게 무슨 억울한 말씀이십니까? 제가 퇴보했다니요?"

"나도 자네를 처음 보네. 하지만 본원(本院)의 다른 이가 이미 자네를 본 적이 있지. 음? 그러고 보니 나도 자네를 처음 보는데 자네는 어떻게 처음 본 나를 알아보았는가?"

"그야……."

상달이 아는 바로는 중년으로 보이는 곽모수의 실제 나이는 이미 아흔 이상이다. 그런데도 한 번에 알아볼 수 있었던 건 단 한 가지 이유 때문이다.

뭘 어떻게 했는지는 몰라도 장건을 단 한 수로 꿀 먹은 벙

어리처럼 만들 수 있는 사람이 무림에서 몇이나 되겠는가!

게다가 그중에서 필법을 사용하는 자라면 범위는 더 좁아진다.

우내십존 중의 숨겨진 일인이며 필법의 고수.

마해 곽모수!

딱 그 이름밖에 떠올릴 수 없는 것이다.

곽모수는 상달의 대답을 기다리다가 고개를 끄덕거렸다.

"눈치가 매우 빠르군. 그 정도의 눈치라면 퇴보한 무위를 충분히 감당하고 남음이 있어. 기재의 갱신은 뒤로 미루겠네. 그리고 그 나이에 기맥이 막히지 않은 것은 어디까지나 자운의 덕이니까, 쉬지 않고 내공을 단련하는 게 좋을 걸세."

자운은 오황의 옛 이름이다. 서슴지 않고 그 이름을 부르는 것은 오황과의 관계가 얕지 않음을 의미하는 바가 있었다.

"감사합니다, 감사합니다. 헤헤. 그럼 어르신께서 저희를 잡으러 오신 건 아니지요?"

상달은 '저희'를 강조했다.

"적어도 그게 나는 아닌 것 같네."

어쨌거나 자신을 잡으러 온 사람이 아닌 것만으로도 다행인 마당에 그 보기 힘들다는 마해 곽모수를 만나 조언까지 들은 참이었다. 백 번 감사해도 기쁜 상달이었다.

곽모수가 주섬주섬 책과 붓을 서궤에 챙기자 상달은 눈치를 보며 살짝 물었다.

"그럼 곽 어르신께서 여기는 어인 일이십니까요?"

"천문서원(天文書院)의 대표로 진산식에 참가하기 위해 왔네. 은퇴에 앞서 내가 직접 마무리 지을 일도 있었고. 이를테면 저 장가 소년의 일처럼."

곽모수는 서궤를 다시 짊어지고 상달과 장건 모두에게 가볍게 인사를 했다.

"또다시 볼일이 있을지 모르겠지만 오늘 반가웠네. 그럼."

곽모수가 아무 일 없었다는 듯 내려가려는데 장건이 소리쳤다.

"잠깐만요!"

"무슨 일인가?"

"아무것도 모르는 사람에게 와서 아무런 설명도 없이 행패만 부리고 그냥 가면 다인가요?"

장건은 스스로도 그런 얘기를 했다는 것에 자기 자신도 당황스러웠다.

"헉! 장 소협! 곽 어르신, 이건 못 들으신 걸로……."

상달이 말리려 했으나 곽모수가 먼저 태연하게 대답했다.

"무시당했다고 생각하나?"

"네?"

"충분히 이해할 수 있는 일이지. 어린 나이에 그만한 무공을 가지고 있다면 누구라도 그럴 수 있어. 그러나 의원이 환자 한 명 한 명에게 감정을 갖고 진맥하지 않는 것처럼 나도 네게 별 감정은 없다."

뜻밖에도 곽모수는 별 화를 내지 않았다.

장건이 고개를 흔들며 대답했다.

"저는 아저씨에게 진맥해 달라고 한 적이 없는데요?"

그제야 곽모수가 대답을 하지 않고 장건을 바라본다. 상달이 장건에게 달려가 낮은 소리로 다그쳤다.

"지금 저 사람이 누군지 압니까? 당장 죄송하다고 비세요!"

"싫어요, 시비를 건 게 누군데요."

곽모수가 수염을 쓰다듬으며 중얼거렸다. 수십 장의 거리에서 전음을 날리는 사람이 바로 앞에서 하는 말을 못 들을 리 없다.

"시비라…… 오랜만에 듣는 말이로군."

"어, 어르신!"

"오해인가? 아니면 모르는 건가? 나는 꽤 좋은 거래를 했다고 생각하는데."

이번에 되물은 것은 장건이었다.

"네? 거래요?"

거래란 말이 그렇게 이상하게 들리긴 처음이었다.

장건이 아는 거래는 이런 게 아니었다. 어렸을 때 부친 장도윤이 다른 상단과 거래하는 경우를 종종 보았던 것이다.

서로 예의 바르게 인사를 하고 자리에 앉아 차를 마시면서 얘기를 주고받는다. 얘기가 끝나면 계약서를 작성하고 언제까지 이행하자 다시 한 번 다짐을 하며 헤어진다.

지금처럼 다짜고짜 자기 할 것만 하고 헤어지는 건 거래가 아니다. 그저 일방적인 통고일 뿐이다.

심지어 장건은 뭘 주고받았는지도 모른다!

이게 무슨 거래란 말인가!

곽모수가 수염을 쓰다듬으며 장건에게 말한다.

"아무것도 모르고 생떼를 쓰는구나."

장건도 느끼는 건 있었다.

좀 전의 한 수.

장건이 만들어 낸 기의 가닥을 순식간에 무력화시킨 수법.

아무래도 곽모수는 그것을 두고 한 말인 듯했다. 곽모수가 한 거라고는 그것과 책에 뭔가를 적어 넣은 것뿐이니까.

그러나 그건 장건이 원한 바가 아니었다. 아니, 하다못해 도와주고 싶었다면 보통은 자기가 누구인지 먼저 밝히고 상대의 양해를 구하는 것이 수순이지 않은가?

다짜고짜 무력을 뽐내면서 자기 할 것만 하는, 이런 상상할 수도 없는 무지막지함이라니!

장건은 화가 가라앉지 않은 목소리로 곽모수에게 말했다.

"저는 떼를 쓰지 않았어요. 처음부터 뭘 해 달라고 한 적도 없고요. 단지 설명을 바랄 뿐이에요. 왜 평범하게 인사를 나누고 얘기를 시작하면 안 되는 거죠?"

상달은 더 이상 말리지도 못하고 '으…….' 신음 소리를 내며 머리를 움켜쥐고 있었다.

마해 곽모수에게 이렇게 따박따박 대드는 사람이 있을 줄이야! …… 라고 생각하기엔 사실 장건은 사람을 가리지 않고 그래 왔다. 하지만 그렇다고 해도 아무 일도 아닌 이런 일로 따지는 장건을 이해할 수 없는 것이다.

마해 곽모수 역시 그런 모양이었다.

이해할 수 없다는 얼굴 표정으로 괴상한 물건 보듯 장건을 보며 말했다.

"너야말로 이상하구나. 네가 말하는 '얘기'라는 게 단순히 '말'을 의미하는 거라면, 아마 지금 너와 나 사이에는 상상도 못 할 간격이 벌어져 있는 것일 게다."

"예?"

"무인들 사이에서 직접 무공을 나누는 것만큼 잘 통하는 '얘기'가 어디 있단 말이냐."

장건은 순간 멍해졌다.

머릿속에 하얀 벼락이 꽂힌 것 같았다.

무공으로 얘기를 나눈다?

아아, 이것이 무림이었지. 이런 게 강호였지.

약 구 년 전에 내가 살던 바깥세상이 아니었지.

머릿속으로 그간 일어났던 모든 일들이 쏜살같이 스쳐 간다.

"말이라는 게 서로의 뜻을 전달하기 위함인데 그것이 무공이라는 수단으로 바꾼다고 한들 무엇이 달라지겠느냐?"

곽모수가 다시 한 번 던진 말에 장건은 저절로 고개를 끄덕이고 말았다. 그의 말은 틀리지 않았다. 어딘가에서 툭 굴러들어 온 자신을 제외하고 다른 사람들은 무공으로 얘기를 나누는 것을 모두 자연스럽게 받아들이고 있었다.

장건이 입술을 삐죽 내밀었다.

"하지만 문제가 있네요. 저는 학사님이 하시는 그 얘기를 알아듣지 못했거든요. 그럼 통한 게 아니죠."

"응?"

더 이상 참지 못하겠던지 곽모수의 얼굴이 씰룩거렸다.

"하하!"

내내 딱딱한 표정을 하고 있던 그가 아주 짧게 웃었다.

"그래, 통하지 않았구나. 그러나 내가 던진 화두를 네가 받을 수 있느냐 없느냐는 또 다른 문제란다. 무인의 사이에서 무공만큼 잘 통하는 것도 없지만, 무공만큼 통하지 않는 것도 없는 법이거든. 그러나 너처럼 그걸 따지는 아이는 처음 보았다."

그게 무슨 앞뒤도 안 맞는 이상한 말인지, 하고 장건은 생각했다. 그럼에도 말투가 약간 부드러워진 것 같다는 건 장건의 착각이었을까?

다시 원래 표정으로 돌아온 곽모수가 잠깐 고민했다.

"내가 네게 말하고 싶은 것은, 얘기를 나누기 위해 말을 배워야 하듯 무인으로서 제대로 된 얘기를 나누고 싶다면 무학의 기본을 배워야 한다는 것이다."

장건에게는 그런 기회가 없었다. 기본부터 배우려 할 때마다 사건 사고가 생겼다. 지금도 겨우 속가제자 친구들 틈에 끼어 무공을 배우고 있었는데, 이런저런 이유로 참여하지 못하는 신세가 아닌가.

물론 거기에 장건을 배제하는 소림의 정치적인 판단도 있었다지만, 사실은 장건이 무인으로서 살아가고 싶지 않다는 마음도 큰 몫을 했을 터였다.

지금도 장건은 집으로 돌아가는 일 년 남짓의 시간만 기다릴 뿐이다. 그 이후에는 상인으로 가업을 물려받아 살 것이다. 무인으로 살겠다는 생각은 꿈에도 해 보지 못했다.

'그래서 뜻이 통하지 않는 걸까?'

장건에게 있어서 계속적인 고민을 안겨 주는 문제였다.

일 년 남짓 남은 기간을 버틴다는 생각으로 사느냐, 그 기간만큼이라도 무인으로서 자각을 하느냐. 그건 수없이 생각해도 쉽게 선택하기 어려운 문제임에 틀림없었다.

장건의 고민스러운 얼굴을 보고 곽모수가 살짝 고개를 끄덕였다.

"어디에든 해답은 늘 기본에 있다. 그것만이 변치 않는 진리니라. 그리고 이것이 내가 얘기하고 싶었던 기본이며 화두란다. 잘 보아라."

쿵.

곽모수가 발을 구르자 바닥에서 흙먼지가 뿌옇게 올라온다. 흙먼지는 마치 장막을 거꾸로 펼치는 것처럼 꾸역꾸역 아래에서 위로 치민다.

곽모수는 등 뒤 서궤에 손을 넣어 먹물이 묻지 않은 두 뼘 길이의 긴 붓을 꺼내 들었다.

그러고는 마치 허공을 화폭 삼아 붓글씨를 쓰듯 거침없이 획을 긋기 시작했다.

휙, 휘리릭.

놀랍게도 허공에 뜬 흙먼지들 사이로 글씨가 드러난다. 그것도 단순한 글씨가 아니라 선지(宣紙)에 쓴 것처럼 뚜렷하게 나타난다.

한 획 한 획이 살아 있는 듯 역동적이고 시원하게 쭉쭉 뻗어 있다.

장건은 글을 알아도 글씨에 대해서는 잘 모른다. 하지만 명필이라는 게 있다면 바로 이런 글씨를 두고 하는 말인 듯했다.

물론 장건이 선호하는 형태는 아니다. 곽모수의 필치는 매우 간결함에도 불구하고 간소하다는 느낌이 들지 않는다. 필요 없는 건 과감하게 치워 버렸으나 있어야 할 것에는 더욱 힘을 준 형태다.

다소 과하게 느껴지는 오황이나 군더더기라고는 찾아볼

수 없이 간략하던 청성일검 풍진하고는 또 다른 느낌이었다.

일필휘지로 두 개의 글자를 적어 낸 곽모수가 마지막 점획(點劃)으로 결구하였다.

다행스럽게도 장건이 쉽게 알아볼 수 있는 글자였다.

"비…… 은(費隱)?"

붓을 갈무리한 곽모수가 말했다.

"남들과 다르다는 것은 나쁜 게 아니다. 하나 무학의 기본에는 다른 것도 틀린 것도 없다. 왜 그런지는 이제부터 네가 생각해 보아야 할 것이다."

곧 흙먼지는 사라졌다. 그 위에 곽모수가 쓴 두 개의 글자도 흐릿해져 갔다.

장건은 다시 한 번 글자를 되뇌었다.

"비와 은……."

"그럼."

곽모수는 서궤를 닫고 옷매무새를 정리하더니 내려갈 채비를 했다.

"아, 잠깐만요."

장건이 곽모수를 급히 불렀다.

"제가 받은 건 어렴풋이 알겠어요. 그런데 제가 드린 건 뭐였어요?"

곽모수의 눈이 살짝 굽어졌다. 웃는 건지 아닌지 모르는 묘한 표정이었다.

"그건 저 친구에게 듣거라."

그 말을 남기고 곽모수는 다시 산을 내려가기 시작했다.

장건이 '어?' 하고 멍하니 있던 잠깐 사이에 벌써 십여 장을 훌쩍 지나 걸어가고 있었다.

눈 몇 번 깜박이니 어느새 곽모수는 점이 되어 있다. 이래서야 부를 수도 없고 쫓아가 잡을 수도 없다.

"이해할 수가 없어요……."

장건이 저도 모르게 중얼거렸다. 상달도 똑같이 중얼거렸다.

"저도 이해를 못 하겠군요. 어째서 마해 곽모수 어르신이 장 소협에게 이런 친절을 베푸는지."

"이게 친절이에요? 전…… 딱히 친절이라고 느끼지 못했는데요."

"어쨌거나 도움이 되는 얘기를 해 주지 않았습니까. 무당이나 화산하고 문제가 생길 수 있는데도 불구하고요. 소림의 행사에 온 거라고 선물을 해 준 건지도 모르겠고요."

장건이 정색을 하고 물었다.

"분명히 저 학사님은 제게 기본을 알려 주었다고 하셨는데요. 기본을 알려 주면 다른 문파와 사이가 나빠지나요? 비와 은이 천문서원이란 곳의 무공을 뜻하는 건가요?"

상달은 고개를 갸웃했다.

"그건 아닌 거 같긴 한데…… 비은이란 말이 중용(中庸)에

나오지 않던가요?"

"아! 중용에서 나온 비은이었어요?"

장건도 사서삼경을 다 읽기는 했으나 워낙 어릴 적이라 '읽기'만 했을 따름이었다. 그 안에 담긴 철학이나 깊은 내용을 이해하긴 어려웠다. 굉목은 책만 던져 주었지 그에 대해 설명해 준 적은 없었다.

상달은 어색하게 웃었다.

"헤헤, 저도 모르죠. 그게 맞는지 아닌지. 그건 장 소협에게 해당되는 얘기니까, 장 소협이 더 잘 아시지 않을까요?"

"그렇군요."

장건은 괜히 조급해져 있다는 느낌을 받았다.

기의 가닥을 쓰는 것은 매우 편한 일이었다. 손가락 하나 까딱하지 않아도 되고, 그것이 크게 내공을 소모하는 일도 아니다. 사실상 그것만으로도 충분하다고 생각했다. 세 소녀들이 난리법석을 부리지만 않았어도 장건은 그냥 평생을 그렇게 살아도 상관없다 했을 터였다.

한데 어제의 사건 이후로 조금 다른 생각이 들었다.

과연 이것이 완벽한가?

기의 가닥으로 손을 대신하는 이러한 형태가 무공의 궁극적 형태인가?

그렇다면 왜 술에 취했을 때 기의 가닥을 사용하지 않고 예전처럼 몸을 움직였던 것일까?

장건은 굉장히 혼란스러웠다.

그리고 곽모수에 의해 기의 가닥을 쓸 수 없게 되어 버렸을 때에 그 감정이 극으로 치달았다.

'심각한 문제가 있어!'

그렇게 느낀 이유는 간단했다.

곽모수가 붓으로 점을 찍을 때, 장건에게는 아무런 위해도 없었다. 곽모수의 붓에서 뻗어 나온 공력은 실처럼 여러 갈래로 뽑아져서 장건에게 날아오긴 했다.

그러나 근처까지만 왔을 뿐이고 방향도 제멋대로였다. 그 중 한 가닥도 장건에게 닿지 않았다. 피할 생각도 들지 않았다. 닿지도 않으니 피할 필요도 없었다.

그런데 기의 가닥이 갑자기 힘을 잃고 늘어져 버린 것이다.

이상하다는 생각도 들었지만, 경각심도 크게 들었다. 얼핏 완벽해 보이는 기의 가닥에 이런 말도 안 되는 약점이 있었다니!

곽모수가 제시한 비와 은이라는 두 글자.

도대체 거기에는 어떤 의미가 포함되어 있을까?

장건은 빨리 소림사로 올라가 봐야겠다고 생각했다. 거기에는 이에 대한 해답을 줄 수 있는 이들이 있었다.

"아, 참."

장건은 급한 마음이 드는 와중에도 빼놓고 있던 의문을 다시 상기했다.

"아까 학사님이 거래라고 했던 거, 제가 그 학사님에게 준 게 뭐였어요?"

"아, 그거요?"

상달이 되물었다.

"아까 곽 어르신이 뭔가 막 쓰는 거 봤죠?"

"네, 계속 쉴 새 없이 뭘 적으시던데요."

"그게 천문비록(天文秘錄)이라는 건데, 강호에서 활동하는 모든 무인들에 대해서 기록하는 서책입니다. 사용하는 무공, 이력 등등 죄다 쓰여 있지요."

장건은 의아해했다.

"뭐하러 그런 일을 하는데요?"

"그걸 낸들 압니까. 뭐, 역사를 기록하기 위해서라는데…… 심지어 무인들의 등급을 세세하게 나누어서 순위를 매긴다는 말도 있습니다."

"아…… 아까 그래서 퇴보니 뭐니 하던 것이……."

"제 무공에 대해 쓴 거죠. 거기에 써진다는 것만으로도 사실은 자랑할 일이거든요, 흐흐."

상달이 계속해서 말했다.

"우내십존이란 말은 강호의 호사가들이 만들어 내지만 그 안에 들어갈 열 명은 천문서원에서 정한다고 하는 소문도 있지요."

누가 돈을 주는 것도 아닌데 왜 그런 일을 하는지 여전히 이해할 수 없는 장건이었다. 정말 쓸데없는 짓인 것 같았다. 하지만 처음 들어 본다는 말은 하지 않았다. 장건은 소림사에 와서야 무당이라는 문파가 있다는 것을 알았다.

"나중에 꼭 한번 가 보고 싶어요. 그 천문서원이란 데."

"어려울걸요. 비밀에 쌓인 문파라서 찾기도 어렵고, 찾는다 해도 안 들여보내 주겠죠. 평생 강호를 주유해도 한 번 볼까 말까 하다는 게 천문서원 사람들입니다. 워낙 눈에도 안 뜨이니 사람들 입에서 회자될 일도 없고…… 오죽하면 우내십존 중에 마해 곽모수라고 하면 알아도 천문서원은 모르는 사람들도 있습니다. 그만큼 안 알려져 있다는 거죠. 저도 오늘 천문서원 사람은 처음 봤습니다."

"어? 그런데 어떻게 알아보셨어요?"

상달이 갑자기 킥킥대고 웃었다.

"제 전 사부님과 천문서원 사이에 악연이 좀 있어서 맨날 귀에 딱지가 앉게 들었거든요."

"헤에?"

상달이 주위를 슬쩍 둘러보더니 장건에게 얼굴을 가까이 대고 속삭였다.

"이건 우리 사부님, 아니, 제 전 사부한테는 비밀인데요……."

상달은 천문서원과 오황에 얽힌 이야기를 장건에게 털어놓기 시작했다.

제5장

드러나는 비화들

　천문서원의 개파조사는 글쓰기를 업으로 삼은 한 명의 서가(書家)였으며, 고대의 기연을 얻어 젊은 나이에 고수의 반열에 올랐다. 그가 얻은 무학은 고대 무림에서도 독보적인 경지를 이룩했던 태을신군(太乙神君)의 진전이었다.

　하지만 안타깝게도 그는 당대 무림에서 사파의 취급을 받았다. 본래부터 강호인이 아니었던 그는 결국 무림의 핍박에 진저리가 나 심산유곡으로 들어가 서원을 세우게 되었다.

　그것이 바로 천문서원.

　어떤 경로로 제자를 받아들이는지조차 알려지지 않았고, 서원의 위치를 아는 이도 없었다. 강호 활동도 하지 않았기 때문에 얼마 지나지 않아 천문서원은 사람들의 뇌리에서 서서히 잊혀 갔다.

그렇게 수백 년의 세월이 지나 천문서원이란 말도 희미해질 무렵.

독특한 한 명의 무인이 강호에 모습을 드러냈다.

평범한 유생 차림에 한 자루 판관필을 독문병기로 쓰는 천문서원의 제자 곽모수였다.

곽모수는 이름난 몇몇 무인을 찾아가 비무를 했는데 모든 무공을 상대함에 있어 결코 열 수를 넘기지 않았다. 대부분의 경우 손을 섞기 시작한 지 삼사 초 안에 상대를 제압했다.

아니, 제압이라는 말도 어울리지 않았다. 그저 상대 무공의 맥을 끊을 뿐이었다. 상대가 어떤 무공을 펼치든 단 한 수로 흐름을 끊어 냈다. 상대는 초식을 다 펼치지 못하고 내공 운용에 문제가 생겨 내상을 입거나 스스로 자멸하고 비무에서 패배했다.

그때 곽모수는 마해라는 별호를 얻었다. 그러나 한창 유명세를 타던 중 돌연 모습을 감추었다. 그리고 십 년에서 적으면 수년 사이에 다시 나타나곤 하였다.

곽모수는 정사대전을 포함하여 강호에 총 네 번 행적을 드러냈는데, 그때마다 강호에서 그를 꺾은 자가 나타나지 않았다.

다만 정사대전 당시에도 대전에는 참여하지 않고 강호를 주유하였으며, 그 때문에 뭇 정파의 무인들이 이를 못마땅해했다.

 이 때문에 정사대전이 정파의 완벽한 승리로 끝나고 다시 한 번 곽모수가 모습을 드러냈을 때, 아직 끓는 피를 가라앉히지 못한 정파의 무인들이 곽모수를 찾아가 따졌다.
 "당신네 천문서원은 정과 사 어느 쪽이냐. 대답의 여하에 따라 천문서원은 존재가 위협받을 수도 있을 것이다."
 곽모수는 그들을 향해 말했다.
 "본원의 조사께서는 정사를 이해득실에 따라 나누는 강호 무림의 행태에 환멸을 느끼고 은거를 택하셨소. 이에 후대에 이르시기를, 누군가 본원의 제자들을 핍박하며 정이라 말하면 사를 택할 것이고, 사라 말하면 정을 택하라 하셨소."
 이에 기세등등하던 정파 무인들 수백 명이 곽모수를 향해 분노를 뿜어냈고, 금방이라도 곽모수를 공격하려 하였는데 이때 곽모수가 다시 한 번 말하였다.
 "본원은 개파 이후부터 지금껏 강호 무림의 역사를 기록하여 왔소. 거기에는 무인 개개인의 이력과 무공, 그리고 종합적인 평가를 통한 순위 등급의 결정과 조정까지도 포함하는 것이오."
 이때에 처음으로 천문서원의 존재 이유가 강호에 밝혀졌다.
 곽모수를 포위하고 있던 정파의 무인들이 이에 경악했다. 무공 내력을 파악하고 기록한다는 건 그 무공을 알고 있다는 뜻이고, 그렇다면 약점마저도 알고 있다는 뜻이 아닌가!

그때까지 곽모수가 비무에서 보인 특이한 수법이 그것을 기반으로 하고 있었다면?

그렇다면 천문서원의 비서(秘書)를 얻는 순간 강호 무림을 뒤흔들 수 있는 힘이 생기는 것이었다! 상대의 약점을 모두 알고 싸움을 벌이는데 어떻게 질 수 있겠는가!

그러나 곽모수는 그들의 욕심에 가만히 앉아 희생양이 되진 않았다. 내로라하는 고수들도 포함된 수백의 정파 무인을 반나절 만에 그 자리에서 쓰러트렸다.

그러곤 한마디를 남겼다.

"천문비록은 결코 본원의 의지 없이 세상에 공개되지 않는다!"

그 말을 마지막으로 곽모수는 다시 강호에 모습을 드러내지 않았다고 한다.

하나 무림인들은 당시 곽모수가 내뱉은 말로 말미암아 천문서원의 제자들이 암암리에 강호를 종횡하고 있음을 알게 되었다.

'누군가 나의 무공을 훔쳐보고 있다!'

제아무리 천문비록이 공개되지 않는다고 해도 생명줄과도 다름없는 자신의 무공이 드러나는 걸 반길 이는 없을 터였다. 때문에 한동안 강호에서는 비무가 급격히 줄었고, 지나가던 유생들이 괜히 얻어맞거나 하여 고초를 겪는 일도 종종 생겨

났다.

수십 년의 세월이 지나 지금이야 천문서원의 일을 거의 잊고 있다고는 해도 당시엔 엄청난 파장이었던 것이다.

천문서원에 대한 이야기를 들은 장건이 의아한 표정을 지었다.

"근데 오황 할아버지하고는 무슨 관계인데요?"

"아아, 그러니까 말이죠. 저 때에 비무도 안 하고 누가 자기 훔쳐보나 걱정하고 고민하고 그런 사람들이 한둘이 아니었다고 하거든요. 그런데 그런 사람들도 있는 반면에, 제 전 사부 같은 사람도 있었다는 거죠."

"오황 할아버지 같은 사람이요?"

"다른 사람들은 자기 무공 안 들키려고 어떻게든 조심하고 살았는데, 제 전 사부는 좀 달랐죠."

상달이 이야기를 계속했다.

오황은 자신감으로 가득 차 있었다.

개방과의 일전은 물론이고 정사대전을 통해서도 그의 무위는 확실히 입증되어 있던 상태였다.

하지만 오황은 아직도 갈증을 해소하지 못했다. 스스로의 무공을 개척한 데 대한 자부심은 컸지만, 정말 그것이 완벽한가에 대한 고민이 있었다. 이미 어지간한 고수들은 서로 승부를 가리지 않고 몸을 사리는 상황이었으니 그걸 확인할 길도 없었다.

그때 곽모수의 이야기를 들었다.

다들 꺼릴 때에 오황은 오히려 신나 했다. 오황은 미친 듯이 그를 찾아 헤맸다. 하나 이미 완벽히 잠적한 그를 오황도 찾을 수가 없었다.

하여 오황은……

유생이나 학사 차림새를 한 이를 보면 가리지 않고 두들겨 패기 시작했다…….

곽모수가 참다못해 스스로 나올 때까지…….

장건은 입을 떡 벌렸다. 오황다운 행동이었다.

"오황 할아버지는 젊었을 때나 지금이나 정말 똑같네요."

그러나 끽해야 이십여 년 전쯤이고, 그때라고 해도 오황은 환갑을 넘었을 때라 젊은 나이라고 하긴 애매했다. 게다가 오황은 최근에도 계속해서 막무가내로 일을 벌이고 있으니, 분명 그게 천성임에 틀림없었다.

물론 오황에게 그런 얘기를 하면 장건이 더 심하다고 하겠지만.

장건은 뒷얘기가 궁금해져서 다시 얘기를 재촉했다.

"그래서 어떻게 됐어요?"

"결국 밤중에 모종의 장소에서 곽모수를 만났다고 하시더군요. 강호에는 알려지지 않은 비사죠."

"그래서요?"

"뭘 하긴요, 무인끼리 만났는데 뭘 했겠어요. 당연히 한판 붙었다죠."

"헤에?"

모두가 놀랄 만한 이야기였다. 비록 오래전의 이야기라고는 하나 우내십존 중의 둘이 승부를 겨루었다는 건!

장건은 자기도 모르게 둘의 승부 결과를 궁금해했다는 걸 깨닫고 깜짝 놀랐다.

상달이 그것을 알고 피식 웃으며 말했다.

"뭐, 전 사부의 말로는 비등비등했다는데…… 별로 믿기진 않더라고요. 툭하면 더럽게 부자연스러운 수법을 썼다는 둥, 완전 상극이라는 둥, 뭐 저딴 놈이 다 있느냐는 둥……."

"하긴 이겼다면 그런 말을 하지 않았을지도 모르겠네요."

"근데 또 꼭 그렇게 보긴 힘든 게, 그다음 얘기 때문이거든요."

"다음 얘기는 뭔데요?"

"사부가 원하던 걸 얻게 된 것이죠, 뭐. 도대체 자신의 무공이 어떻게 평가되어 있을까 궁금해하던 거요. 남들이 자신의 무공을 어떻게 생각할까 말입니다. 약속대로 한판 승부가 끝나고 마해 곽모수가 천문비록을 꺼내서 뭔가 끄적이더니 그걸 사부에게 보여 줬대요. 그리고 거기엔 이렇게 써 있던 거죠."
 상달이 곽모수의 흉내를 내며 허공에 글자를 썼다.
 "총평. 잡(雜)."
 장건은 사래가 다 들렸다.
 "켁! 진짜요?"
 "진짜로요."
 누가 자신의 무공에 대한 평가를 잡스럽다고 하면 좋아할까!
 자연스러운 자신의 무공이 최고라 여기는 오황 같은 자존심 높은 무인이라면 더더욱 반발할 것이다.
 하물며 곽모수의 말에 따르면 지금의 기록은 강호의 역사로 남을 게 아닌가!
 본래부터 오황은 자연스러움을 추구하기 때문에 별다른 초식을 갖고 있지 않았다. 같은 초식을 써도 매번 다른 형태였다. 절정 고수를 삼류 무공으로 상대할 수도 있었다. 오황에게 중요한 건 흐름을 타는 것이지, 굳이 형태도 없는 초식에 이름 따위를 명명하는 게 아니었다.
 무형(無形)의 형.
 그건 다른 무인들에게는 부러운 경지임에 틀림없었다.
 그러나 유형(有形)의 경지 없이 무형으로 올라 버린 오황은 내세울 만한 초식이나 무공명 하나 없다는 것에 일종의 열등감을 가지고 있었다.

검성라면 화산의 무공이라 할 것이고 독선이라면 당가의 무공이라 부를 터였다. 그렇지만 오황에겐 그렇게 답할 수 있는 사문조차 없었다. 누가 오황에게 당신의 무공이 뭐냐고 물어보면 한참을 설명해야 했다.

 그 거지 같은 상황에 대해 오황은 늘 불평했다. 하지만 자연스러운 흐름에, 매번 달라지는 초식의 형에 어떤 이름을 붙일 수 있단 말인가.

 그런데.

 불난 집에 부채질하듯 곽모수가 오황의 무공을 '잡스럽다, 잡다하다.'라고 평해 버린 것이다.

 "그, 그래서요?"

 "전 사부가 열 받아서 패 주려고 했는데, '이히히히.' 하고 웃으면서 도망갔대요."

 장건이 기묘한 얼굴 표정을 지었다.

 진중해 보이던 인상의 곽모수가 '이히히.' 하고 경망스럽게 웃으면서 오황을 놀리고 도망갔다니…….

 "상상이 안 되는데요?"

 "원래 전 사부 말은 한 반은 걸러 들어야 하죠. 아무튼 그래서 나중에 풍연경이니 뭐니 하고 이름을 붙인 것 같더라고요."

 상달이 말을 마치고는 어깨를 으쓱했다가, 장건을 보고 물었다.

"그러고 보니 장 소협에 대해서는 뭐라고 썼을까요?"

긁적.

장건은 무의식적으로 기의 가닥이 아니라 손가락으로 뺨을 긁었다.

"글쎄요."

그동안 별로 생각해 보지 않았던 문제였다. 자신의 무공이 남들에게 어떻게 보이는가에 대해서…… 그리고 자신조차 그것을 뭐라고 불러야 할지 모르고 있다는 사실을 깨달았다.

"쩝."

장건은 소림 본산으로 올라가야 한다는 생각도 잊고 잠시 자신의 무공에 대해 생각했다.

장건이야말로 온갖 잡다한 무공들―타 문파의 상승 절기들이니 잡다하다고 말하기엔 좀 그렇지만 어쨌거나 그런 무공들―을 자신만의 식으로 익히고 있었다.

나한보가 나한보가 아니고, 용조수가 용조수가 아니었다. 죄다 섞인 데다 겉으로도 알아보기 힘들었다.

게다가 최근에는 기의 가닥을 뿜어내는 희한한 수법까지 만들어 냈다.

'그러니까 나도 어떻게 보면 예전의 오황 할아버지랑 비슷한 건가? 나도 이름을 붙여야 하나?'

곽모수는 장건을 보고 거침없이 글씨를 적어 갔다. 과연 거기에는 뭐라고 적혀 있었을까?

장건은 다시 뺨을 긁었다.
'정말 궁금하네.'

　　　　　＊　　　＊　　　＊

"아이가 소문대로 문각 선사의 진전을 잇고 있더이다."
"보셨습니까?"
"워낙 소문이 특이한 아이라 직접 와 보지 않을 수가 없었소."
"재미난 아니지요."
"말장난으로 얼버무리려 하지 마시오. 그리 재밌지 않았소. 솔직히 말하자면 기본조차 되어 있지 않아 의아했더라오."
"그러셨군요."
"하지만 직접 보니 적어도 강호에 떠도는 수많은 의문들이 왜 생겨났는지는 알 것 같더구려."
"제 책임이 큽니다."
"맞소. 그건 분명 방장 대사의 책임이오."
곽모수는 잠시 말을 쉬었다가 단호한 어조로 입을 열었다.
"소림은 애초에 문각 선사의 약조를 지켰어야 했소. 그랬다면 소림이나 저 아이나 지금처럼 좋지 않은 상황에 몰리지는 않았을 것이오. 방장 대사의 결정은 아이를 사지로 내몬 것이나 다름없는 매우 부적절한 판단이었소이다."

굉운이 무어라 말을 하려 하는데 입에 언뜻 선혈이 비쳤다. 약간의 침묵이 흐른 후 곽모수가 말했다.

"기력이 많이 상하셨소이다, 방장 대사."

"하여 이번 일만 지나면 소승은 이제 뒷방으로 물러나 쉴까 합니다. 그간 미뤄 두었던 경전도 좀 읽으면서 말이지요."

"때가 좋지 않소. 강호에 위험한 바람이 불고 있소. 막상 바람은 소림에서 불기 시작하였으나 정작 어디로 가는지는 아무도 모르는 괴이한 일이 벌어지고 있소이다."

곽모수가 한동안 굉운을 응시하다가 입을 열었다.

"본원은 이번 소림의 진산식을 기점으로 그 바람이 태풍으로 변할 거라 심히 우려하고 있소. 강호 내에서가 아니라 강호 외부의 힘에 의해 말이오."

곽모수가 낮은 음성으로 침중하게 말을 이었다.

"그것이…… 본인이 직접 소림으로 찾아온 이유외다."

* * *

오황은 이른 새벽부터 특유의 경공으로 걸음을 재촉하고 있었다. 평소답지 않게 매우 신중하고 결의 어린 얼굴인데, 그것은 그가 소림으로부터 한 가지 부탁을 받은 까닭이다.

아니, 꼭 부탁이라기보다는 오황이 스스로 자청한 일이기도 했다. 당연히 소림, 장건과 관련된 일이다. 제아무리 낯짝이 두꺼운 오황이래도 이런 큰일에서 모른 척 발을 뺄 수는 없었던 것이다.

'흠……'

오황은 얼굴 표정을 살짝 굳혔다.

장건을 만난 이후 평소에 쓰지도 않던 경공을 자꾸만 쓰게 되어서 짜증이 난 게 아니다. 이번 일이 오황으로서도 긴장되기 때문인 것이다.

오황 혼자만의 일이라면 괜찮은데 지금은 소림을 대표하는 사자(使者)의 역할이니 말이다.

'물론 원호 대사의 생각이 나쁘지는 않다. 그가 나선다면 이번 일은 충분히 무마시킬 수도 있겠지. 하지만…… 그자가 과연 나서 줄까?'

오황이 맡은 일은 등봉현의 관청으로 가서 사람 한 명을 만나는 일이다. 지금이 아니면 만날 수 없는 사람이기도 하고, 진산식이 코앞인 지금에 소림에서 마지막으로 희망을 걸어 볼 수 있는 사람이기도 하다.

"까르륵, 오랜만에 나오니까 정말 좋다."

"그러게. 진작 한번 나올걸 그랬어."

깔깔대는 소리가 들려왔다.

오황은 잠시 생각이 흩어지는 걸 깨달았다가 다시 생각에 집중했다.

'뭐라고 말을 시작한다? 어지간해서는 말이 통하지 않을

것 같은데…… 에잉, 괜히 내가 간다 그랬나?'

아무리 생각해도 쉽지 않은 일이다.

"아, 우리 내려온 김에 장신구라도 좀 구경하고 가야 되지 않아?"

"뭐하러?"

"내일이 진산식인데 예쁘게 하고 가야지."

"그렇구나, 그 생각을 못 했네?"

재잘재잘.

오황은 미간을 찌푸렸다가 다시 생각했다.

'들어 보니 이대로 상황이 진행되면 사태가 걷잡을 수 없이 번질 수도 있다 했지. 밤새 들려온 소식에 따르면 개방이나 무당에도 관병들이 몰려갔다 하고…… 그나마 당시에 장건이 소요매화검을 지니고 있지 않아서 화산만 운 좋게 화를 면했나?'

어쩌다 보니 아직 허가증이 안 나와서 마을까지는 들고 다닐 수 없어 두고 간 차였다.

'운도 좋지, 화산은.'

또 재잘거리는 소리가 들려온다.

"그런데 백리 언니는 아침부터 왜 그렇게 차려입은 거야? 그러면 경공 쓰기 힘들지 않아? 소매고 저고리고 막 펄렁거리는데."

"난 원래 이렇게 입고 경공을 연습해서 보기만큼 어렵지 않아, 제갈 동생."

"엥? 미친 거 아냐? 누가 그렇게 팔랑거리는 날개옷을 입고 경공 연습을 해?"

"네가 아직 여자가 아니라서 그렇단다. 정숙한 여성은 호복을 입고도 경공을 할 수 있거든."

"헹~ 웃기시네."

뒤에서 재잘대는 소리에 자꾸만 신경이 거슬려서 참을 수가 없었다. 어찌나 재잘거리는지 앞을 보고 달리는지조차 모를 지경이다. 멀찌감치 달려가다 뒤를 돌아본 오황이 치를 떨었다.

셋은 툭하면 티격태격 싸우는 경쟁자가 아니던가? 그런데 언제 그랬냐는 듯 친근하게 수다를 떨고 있는 이 말할 수 없이 부자연스러운 모습이란.

'내가 이 나이 먹도록 혼자 살아서 그런 게 아니라…… 저건 이해가 안 된다니까, 이해가!'

오황이 욱하고 치밀어서 소리쳤다.

"아! 너희들은 도대체 왜 따라오는 게냐? 시끄러워서 좀처럼 생각을 할 수가 없구나!"

제갈영이 초롱초롱 눈을 빛내며 대답했다.

"저희들도 분명 할 일이 있을 거예요."

"사람 하나 만나러 가는데 너희가 무슨 할 일이 있어! 나야 빚진 게 있으니까 그렇다 치더라도 너희들은……."

양소은이 말했다.

"그건 오황 어르신이 모르셔서 그래요. 여자들이 할 수 있는 일이라는 게 있는 법이거든요. 혹시 모르잖아요."

"……다른 애도 아니고 네가 그런 말을 하는 건 좀 부자연스럽구나."

"네? 제가 어디가 어때서요?"

제갈영이 끼어들었다.

"어르신의 말씀이 맞아! 소은 언니는 미인계를 쓰기엔 너무 무섭게 생겼어. 그러니까 자기 입으로 여자들 어쩌구 운운하는 건 자격이 없다고 생각해."

"자격까지 들먹이는 거냐!"

오황이 듣다 보니 왠지 기가 막혔다. 오황은 걸음을 멈추고 돌아섰다. 자연히 세 소녀도 경공을 멈추고 서게 되었다.

"가만? 미인계라니…… 너희들 대체 무슨 생각을 하고 있는 게냐?"

"어르신, 관부 사람 만나러 가시는 거 아니에요?"

"그렇긴 하다만?"

"뭐…… 정 안 되면 저희들이라도 어떻게 수를 써 보게요."

"이를테면?"

"음…… 이를테면 그 도독부의 아들이라도 만나서 부탁을 해 보거나요."

"도독부의 아들을 만나거나?"

"도독을 직접 만나서……."

"허허허허, 이놈들 보게?"

오황이 세 소녀를 꾸짖었다.

"이놈들아! 너희들이 지금 무슨 소리를 하는지 알아? 어떻게 새파랗게 어린놈들이 어떻게 그런 생각을 할 수 있는 거냐!"

"네?"

오황은 진심에서 우러나온 마음으로 화를 냈다.

"아무리 상황이 좋지 않아도 너희들이 그런 생각을 한다는 게 믿어지지 않는구나. 제아무리 정인을 위해서라지만…… 그래, 하다못해 도독의 아들내미라면 모르겠다. 하지만 도독은 뭐냐? 첩으로라도 들어가겠다는 거냐? 모르긴 몰라도 도독은 첩이라면 한 다발은 두고도 남았을 거다."

세 소녀가 정색을 했다.

"그게 무슨 말씀이세요?"

"도독부의 아들이나 도독을 직접 만나서 미인계를 쓴다며!"

제갈영은 너무 어리고, 양소은은 솔직히 여성적이라고는 할 수 없다. 매력을 느낄 수는 있어도 백리연과 같이 있으면 빛이 약간 바래 보이는 게 사실이다. 그렇다면 백리연이 이번 꿍꿍이의 최대 희생자일 터다. 하여 오황이 백리연을 보고 말했다.

"정략결혼이란 것도 있을 수 있고, 건이 놈에 대한 너희들 마음도 알겠다. 그러나 이건……."

"어르신, 뭔가 오해를 하신 모양이어요."

"오해? 도독의 아들이나 도독을 미인계로 꼬셔 보겠다고 한 거 아니었느냐? 그럼 그게 첩으로 들어가겠다는 게 아니라 몸을 팔겠다는 뜻이었느냐? 어떻게 정도무문의 여식들이 그런 생각을 할 수가 있는 것이냐! 어떻게 그런 얘기를 아무렇지 않게 할 수가 있어? 이건 절대로 있어서는 안 되는 일이야!"

양소은이 끼어들었다.

"도독과 도독의 아들을 꼬시겠다는 게 어떻게 그런 얘기가 되나요?"

"그럼 그게 그런 얘기가 아니면 뭐냐?"

백리연은 풋 하고 웃으면서 손을 내저었다.

"아이, 참, 요즘에 누가 꼬신다고 꼭 첩이 되고 몸을 주고 그러나요. 연애한다고 결혼하나요?"

"……그럼?"

"꼬셔서 이번 사건을 무마시키게 만든 다음에……."

"다음에?"

"차 버리면 되죠."

흠칫!

"……."

오황은 식은땀을 흘렸다.

그러고 보니 제갈영은 그 조그만 게 장건을 보겠다고 혼자서 먼 길을 왔고, 백리연은 장건에게 한 대 얻어맞고도 아직 붙어 있는 중이다. 양소은은 제 아비를 혼내 줄 남자가 이상형이라고 종종 말하곤 했다.

장건 때문에 기가 많이 죽어서 그렇지 사실 하나같이 만만한 성격의 소녀들이 아니었던 것이다.

'무서운 것들……'

백리연이 되려 어이가 없다는 듯 이마에 손을 얹었다.

"어떻게 아직도 그렇게 고리타분한 생각을 하실 수 있죠? 휴."

오황의 얼굴이 씰룩거렸다.

"누, 누가 고리타분하다는 게냐! 에잉, 나 먼저 갈 테니 얼른 따라들 오거라! 아예 오지 말든지!"

오황이 갑자기 경공을 쓰며 달려가기 시작했다. 순식간에 점이 되어 사라지는 오황이었다.

"어르신 같이 가요~"

오황이 너무 빨라 따라잡을 수 없자, 세 소녀는 포기한 듯 보통의 속도로 달렸다. 그러면서 오히려 잘됐다고 수다를 떨기 시작했다.

오황은 마구 달리면서 얼굴을 잔뜩 찌푸리고는 짜증을 부렸다.

드러나는 비화들

"에잉, 요즘 애들은 하여튼!"

하지만 생각해 보니 오황도 젊었을 땐 그 얘기를 똑같이 들은 적이 있었다.

"뭐…… 내 땐 그래도 좀 나았지."

억지로 정당화를 해 보는 오황이었다.

*　　　*　　　*

등봉현의 관청은 회백색의 높은 담과 적갈색의 벽으로 둘러싸여 있었다. 네모진 돌로 쌓아 올려 작은 성채나 다름이 없다.

담의 높이에 비해 관청의 입구는 매우 좁은 편이다. 마차 하나가 겨우 지날 법하다. 게다가 관청의 입구 위에는 누각이 지어져 있어 더욱 위압적이다. 누각 위에 창칼을 들고 선 관병들이 날카로운 눈으로 내려다보는 것만으로도 죄를 지은 자라면 주눅이 들 터였다.

"후아, 발바닥에 땀나도록 뛰었더니 힘드네."

세 소녀는 관청의 대문 앞에서 잠시 숨을 골랐다. 오황하고는 한참이나 거리가 벌어진지라 오황의 모습은 보이지도 않았다. 오황의 경공 속도를 생각해 보면 벌써 도착한 지 반 시진은 더 되었을 것 같았다.

당연히 기다릴 거라고는 생각도 하지 않았기에 세 소녀는 어떻게 할까 고민했다.

"근데 좀 이상하네."

"왜?"

"유독 오늘따라 경계가 살벌한 거 같은데?"

양소은의 말처럼 관청의 분위기가 보통이 아니었다. 누각 위에만 해도 활을 든 관병들이 수두룩했고, 담마다 일정한 간격으로 상당수의 보초가 서 있었다.

평상시에 관청에 자주 드나드는 이가 아니라고 해도 왠지 모르게 삼엄한 분위기를 느낄 수 있을 정도였다.

당장에 세 소녀가 관청의 대문 앞에서 얼쩡대는 순간 수십 쌍의 눈초리가 쏟아지고 있었다.

백리연이 고개를 끄덕였다.

"하긴, 바로 지척에서 그런 일이 있었는데 경계가 심한 것도 무리는 아니지."

"어쩌죠, 언니?"

제갈영이 은근슬쩍 양소은의 뒤로 숨으면서 중얼거렸. 양소은이 인상을 쓰며 돌아보았다. 제갈영이 양소은의 옷깃을 잡고 있었다.

"헤헤."

"너 꼭 이럴 때만 존대하더라, 응?"

"에헤헤헤."

"첫. 할 수 없지. 내가 가서 오황 어르신 와 계신지 물어볼

게."

 양소은이 제갈영의 손을 떼어 놓고 성큼 관청의 대문을 향해 걸어갔다.

 "어이, 이봐."

 대문을 지키고 있던 관병 넷이 양소은의 부르는 소리에 흠칫 놀라며 시퍼런 창날을 들어 가로막았다.

 "무, 무슨 일이냐!"

 "아, 그게."

 관병 한 명이 눈을 부라리며 윽박질렀다.

 "백주 대로에 무기를 들고 관청을 어슬렁거리다니, 간덩이가 부은 년이로구나!"

 양소은이 들고 있는 것은 길이가 석 자 반 정도 되는 짧은 곤이었다. 창을 손에서 떼어 놓지 않는 습관이 있는데 창을 들고 다닐 수 없으니 대신 곤이라도 들고 있는 것이다.

 그러나 평범한 아녀자가 괜히 몽둥이를 들고 다닐 리도 없고, 곤은 유사시에 끝에 날을 달아 얼마든지 창으로도 쓸 수 있다는 걸 관병들도 안다. 관병들로서는 당연히 경계할 수밖에 없었다.

 양소은은 '년'이라는 말에 기분이 상했지만 얼른 곤을 던져 버리고 말했다.

 "아하하! 왜 이런 게 내 손에 있었을까아. 아저씨들, 그러니까 내가 여기 왜 왔냐면……."

어색하게 웃으며 다가서는 양소은의 모습에 관병들이 크게 놀라 창날을 곤추세웠다.

"가, 가까이 오지 마!"

촤촤촤악.

누각 위에서도 관병들이 화살을 뽑아 겨누는 등 난리도 아니었다. 방금 윽박지르던 모습과는 완전히 정반대였다.

"뭐 하는 년이냐고 물었다!"

바짝 긴장한 것을 목소리에서부터 느낄 수 있었다. 양소은이 오히려 당황했다. 이상하게 과한 반응이었다. 아무리 지척에서 도독부의 자제가 습격당한 일이 발생했다는 걸 감안하더라도 너무 심했다.

"아니, 난 그냥……."

"잠깐만요."

백리연이 나섰다.

백리연을 본 관병들의 표정이 조금 누그러졌다.

백리연은 양소은의 앞으로 나와 차분한 목소리로 관병들을 향해 말했다.

"혹시 이곳으로 나이 든 노인이 한 분 오시지 않았나요?"

그 말이 끝나기가 무섭게 관병들이 다시 바짝 긴장하는 표정이 역력했다.

"소저께서는…… 왜 그분을 찾는 것이오?"

양소은의 눈썹이 치켜 올라갔다.

'누구는 년이고 누구는 소저냐!'라고 외치고 싶었으나, 그럴 상황이 아니었다. 관병들의 태도를 보아하니 뭔가 잘못되었다는 게 확실히 느껴졌다.

특히나 오황을 지칭함이 분명한 '그분'이라는 말에서.

백리연도 그것을 느꼈다.

"저희는 일행인데…… 도대체 무슨…… 일이 생긴 거죠?"

꿀꺽.

관병들의 목울대가 움직였다. 관병들의 시선이 어딘가를 향했다.

자연스레 세 소녀의 시선도 그곳을 따라갔다. 바로 세 소녀가 서 있는 바로 그 자리였다.

한 관병이 부들부들 떨며 말했다.

"거, 거기서 그냥 서 계셨는데…… 갑자기 바람이 막 불고……."

마치 회오리치듯 커다랗게 바닥이 쓸려 있었다. 싸리비로 일부러 그렇게 동심원을 그린 것처럼 몇 장의 반경 내 바닥이 온통 긁혀 있었다.

흙바닥이 그렇게 되어 있다면 그리 놀라운 일은 아닐지 몰랐다.

하지만 세 소녀가 지금 서 있는 곳은 관도에서 관청의 대문까지 평평한 돌을 깔아 만든 길이었다. 돌 위가 죽죽 파여 있으니 놀랄 수밖에 없다.

무슨 일이 생겼는지는 모르지만 누군가―아마도 오황일 테지만―이 정도로 내공을 끌어 올렸으면 바로 근처에 있던 관병들은 상상도 못 할 압박을 받았을 터였다.

'그러니 퍼렇게 얼굴이 질려 있었나 보네.'

양소은은 그제야 관병들의 과도한 반응이 이해가 갔다. 관청 내의 모든 관병들이 이 기운을 느끼고도 남았을 것이다. 상상도 못 할 기운에 짓눌려 극심한 공포감을 느꼈을 것이다.

똥오줌을 지렸을 수도 있고 기절한 이도 몇 나왔음이 분명하다.

'도대체 오황 어르신에게 무슨 일이 생긴 거지?'

아직도 관병들의 얼굴에는 두려움이 잔뜩 깃들어 있었다.

좁은 대문 너머, 오황이 있는 게 분명했다.

양소은이 제갈영을 붙들고 물었다.

"가만, 오황 어르신이 누굴 만나러 간다고 했었지?"

절레절레.

"몰라."

"분명히 소림에서 부탁을 받고 간다고 했으니까⋯⋯."

소림의 상황을 생각해 볼 때, 놀자고 관청으로 갈 일은 없을 터였다. 무림인과 관부는 물과 기름 같은 사인데 굳이 관청에 찾아갈 일이 뭐가 있겠는가.

"오황 어르신이 관청에 아는 사람이 있을 리도 없고⋯⋯."

그게 또 원래는 소림에서 가려 했었다는 걸 생각하면, 분명히 셋 사이에 관련이 있을 터다.

소림과 오황과 관청.

"어라?"

제갈영이 뭔가를 생각하더니 바닥의 흔적을 꼼꼼히 살폈다.

"오황 어르신이 이 정도의 내공을 끌어 올렸다는 건 상대의 내공에 저항했다는 뜻이야."

"뭐? 저항이라고?"

"응, 그럼 일부러 사이도 안 좋은 관청에 와서 힘을 과시라도 하시려고 내공을 끌어 올렸을까? 그건 아니잖아."

"하긴 미친놈이 아닌 이상에야……."

양소은이 말을 내뱉고는 살짝 눈치를 보았다.

"어쨌거나 이 정도의 내공을 끌어 올려서 저항하게 만들 수 있는 사람이 얼마나 되겠어. 그중에서 또 관부와 관련이 있는 사람이라면."

제갈영의 말에 백리연과 양소은이 손뼉을 쳤다. 퍼뜩 떠오르는 이가 있었다.

둘이 동시에 외쳤다.

"무이포신!"

"금월사자!"

제갈영까지 세 소녀가 서로를 쳐다보았다.

"어?"

* * *

관청의 넓지 않은 집무실.

벽에 걸린 서화가 잘 어울리는 정갈한 방이다.

그곳에 두 관리와 오황이 탁자를 사이에 두고 서 있었다.

셋은 담담한 표정으로 보이지만 보통 사람은 감히 감당해 내기도 어려운 분위기였다. 오죽하면 집무실 밖에 상시 대기하던 관비조차 얼씬대지 못하고 있었다.

"이거 오랜만에 얼굴들을 보는구먼. 한 십 몇 년은 더 됐지?"

오황의 말에 키가 큰 장수가 껄껄대고 웃었다. 키가 보통 사람보다 머리 두 개는 더 큰데 번쩍거리는 갑주까지 입고 있어서 절로 위압감을 풍기는 장수였다.

그에 비하니 상대적으로 오황은 초라해 보이기까지 했다.

"매우 반갑구려! 그간 격조하여 자주 만나 볼 수는 없었으나, 내 강호 무림에서 떠도는 자운 형의 활약상은 족히 들어왔소이다."

오황이 한쪽 입술 끝만 올려 비릿하게 웃었다.

"아아, 그렇게 반가워서 오자마자 팍팍 내색을 하였는가? 내 볼 땐 거지 내쫓듯 쫓아 버리고 싶었던 것 같던데?"

장수가 눈을 빛냈다.

"웬 날파리 하나가 날아든 것 같기에 내 경고의 의미를 내보인 것뿐이었소이다. 아시다시피 이곳에 도독부의 자녀들이 몸을 의탁하고 있어서 말이오."

"클클, 원래 개새끼는 호랑이를 만나면 짖기 마련이지. 호랑이가 개새끼를 보고 짖는 거 봤나?"

꿈틀.

장수의 미간에 깊게 주름이 파였다.

그 순간.

퍽!

오황의 뒤쪽 장식장에 놓여 있던 도자기 하나가 깨져 나갔다. 오황이 낄낄대며 웃었다.

"그만 짖으라니까 그러네."

쫙! 하고 장수의 뒤쪽 벽에 걸려 있던 족자가 찢어발겨졌다.

장수의 입가에 살기등등한 미소가 맴돌았다. 반백 머리칼이 서서히 하늘로 치켜 올라갔다.

"간만에 재밌어지겠소."

"난 별로 재밌지 않아. 귀찮기만 한걸?"

"흐흐, 곧 재미나게 될 거요."

쩌적.

집무실 안의 공기가 급격히 팽창하더니 벽에 금이 가기 시작했다. 도자기들이 부르르 떨고 벽에 걸린 서화들이 펄럭거린다. 둘이 내공을 끌어 올려 기세 싸움을 하고 있는 것이다.

그러자 그때까지 과묵하게 서 있던 다른 관리가 끼어들었다.

"그만하게."

오황과 장수는 멈추지 않았다. 머리칼이 펄럭이고 옷깃이 바짝 섰다. 바람을 넣은 듯 옷이 부풀었다.

달그락달그락.

둘 사이에 있던 탁자가 마구 흔들리며 위쪽 표면이 조금씩 가루가 되어 떠올랐다. 칼로 마구 긁어 가루가 날리는 듯하다.

푸스스스.

"그만하라니까!"

낮은 목소리의 파동이 적절하게 사이를 파고들었다. 오황과 장수가 동시에 눈살을 찌푸리며 내공을 거두었다.

"쳇."

오황이 손을 휘저어 가루를 치워 냈다.

둘을 말린 관리가 딱딱한 목소리로 말했다.

"자운, 자네가 굳이 우리를 찾아온 이유가 있을 터. 그게 어떤 의도이든 지금의 행동은 결코 이롭지 않다는 걸 미리 알려 두겠다."

"알았네, 알았다니까?"

둘을 말린 다른 관리는 작달막한 키인데 어깨가 무척 넓고 다부졌다. 완연한 백발의 머리를 상투 틀고 청색의 소매에 가슴에 '포(捕)' 자가 쓰인 검정 장포를 걸쳤다.

별다를 것 없는 보통 포쾌의 복장이다.

그러나 그보다 훨씬 더 고위직으로 보이는 장수도 그를 함부로 하지 못하고 있는 희한한 모습이었다.

"목적이 있겠지. 말해 보게."

포쾌의 말에 오황이 답했다.

"이번 도독부의 자녀 문제 때문에 왔네."

"자네가?"

"소림에 빚을 진 것도 있고 해서 내가 오게 됐지. 자네가 그 문제를 조사하러 여기에 와 있다는 것도 들었고 해서."

오황이 포쾌하고만 대화를 나누자 장수가 인상을 썼다. 그러나 섣불리 끼어들지는 않는다.

포쾌는 과묵했다. 뭔가를 더 물어봐야 할 텐데도 입을 닫고 가만히 기다린다.

"젠장."

오황이 할 수 없이 먼저 말을 꺼냈다.

"단도직입적으로 말하지. 이번 일, 덮어 주게."

"소림에서 벌인 일이라는 걸 인정하는 것인가?"

"아, 이거 왜 이래. 정말 몰라서 묻는 건 아니지? 그 애가 누군지 몰라서 묻는 거 아니지? 황궁 정보력이 그것밖에 안 돼?"

포쾌가 무뚝뚝하게 대답했다.

"나는 황궁과 관계없는 한낱 포쾌에 불과하다."

"웃기고 있네."

오황이 피식 웃고는 말했다.

"황제의 신임을 받아 황족들에게 개인적으로 무공을 가르친 적도 있으며, 여러 번 벼슬까지 하사받은 자네가?"

"모두 사양했다. 지금은 그저 포쾌일 뿐."

"아무리 허직(虛職)이래도 지금 이 나라에선 상서(尙書)조차 자네를 무시할 수 없다는 걸 세 살 아이도 알 걸세."

"남들이 어떻게 생각하든 나와는 관계없는 일."

"딱딱하긴…… 그래서? 이번 일을 꼭 확대시켜야겠다는 것인가?"

"내 임무는 이번 일을 저지른 장본인과 배후를 조사하는 것. 그것뿐이지."

오황이 인상을 썼다.

"웃기지 마. 누굴 바보로 봐? 그런 것치고는 너무 많은 병력이 여기 몰려 있다고 생각하지 않나?"

"도독부의 자녀들이 습격을 당했으니 보호하는 것이 당연지사 아닌가."

"개소리!"

마침내 오황이 언성을 높였다.

"자네가 조사를 위해서 여기 왔다는 건 그나마 이해할 수 있지! 하나! 무이포신과 금월사자가 한자리에 있다는 건 뭐라고 이해해야 하는가!"

무이포신(無二捕臣) 종암!

무이란 말 그대로 적이 없음을 말한다. 그러나 무적포쾌라는 이 오만한 별호는 결코 과장된 것이 아니었다. 그는 일반 포쾌와 달리 홀로 강호 전체를 돌아다니며 조사와 검거를 행하였는데, 무림인이든 일반인이든 죄를 지은 자를 단 한 번도 놓친 적이 없었다.

그도 당연한 것이 무이포신 종암은 우내십존 중의 한 명인 것이다!

무림과 관부가 서로 경원하는 이상 무적포쾌라는 그의 별호는 깨질 일이 없을 터였다.

또 한 명, 금월사자(金月獅子) 유장경.

정사대전 이전부터 황궁제일고수로 알려져 있던 유장경은 정사대전에 황궁의 고수로 참가해 실력을 유감없이 드러냈다. 나이는 열 명 중 가장 어리지만 그때 그 역시 완전히 우내십존의 한 명으로 인정을 받았다.

한 자루 거대한 월도를 주 무기로 사용하는 유장경은 황가 금위군인 금의위 소속으로, 금의위라면 모든 이들이 두려워하는 자리였다.

오황이 지금의 상황을 결코 가벼이 넘길 수 없는 이유가 무이포신과 금월사자, 바로 관부와 황궁의 두 절대 고수가 한자리에 모여 있기 때문인 것이다!

특히나 금월사자는 금의위 자체나 다름없다. 동창과 금의위는 황제 직속으로 그 어떤 조직이나 법에도 영향을 받지 않는 특무 기관이다. 그만한 특권을 가진 비밀스러운 조직인 만큼 함부로 움직이지 않는다.

때문에 오황의 우려가 맞다면 금의위의 부수장인 유장경이 모습을 드러냈다는 건, 이미 등봉에서 금의위의 활동이 계속해서 있었다는 의미로 받아들여야 한다.

물론 우연일 수도 있겠으나, 무이포신과 금월사자가 한자리에 있다는 건 우연치고 너무나 인위적으로 보인다.

오황은 관청에 들어서며 금월사자 유장경의 기운을 느낀 후부터 사태의 심각성을 뼈저리게 느꼈다. 본래 오황이 소림에 듣기로는 무이포신 종암이 이번 일을 조사하기 위해 현청에 나와 있다는 것뿐이었다.

무이포신 종암.

그는 특이하게도 무림과 관부에 동시에 발을 걸친 이였다. 거기에 황제의 신임까지 받고 있어 이번 일을 중재하기엔 그만한 인물이 없었다.

하여 원호는 오황에게 종암을 설득하도록 부탁했다. 한때 전장을 함께 누빈 사이로.

'그러나 금의위에서까지 나온 이상 이번 협상은 불가능할

수도 있겠구나. 금의위가 언제 황궁에서 나왔는지 파악하지 못했던 소림의 실수다.'

거대한 체구의 장수, 금월사자 유장경이 큰 소리로 웃으면서 말했다.

"껄껄껄! 듣자 하니 우내십존이 소림에 한 번씩 들러야 하는 게 유행이라 하더이다. 그러니 같은 우내십존으로서 은퇴하기 전에 한 번은 들를 수밖에 없었소이다."

오황이 삐죽댔다.

"우내십존이 무슨 벼슬인가? 거, 안 들른다고 누가 우내십존이 아니라고 그러던가? 그렇다면 그건 실력이 문제겠지, 소림사에 들르지 않아서는 아닐걸?"

금월사자 유장경의 얼굴 근육이 비틀렸다.

강호가 아니라 순수한 황궁 출신의 고수인 유장경은 사실 다른 우내십존에 비해 무공이 뒤처진다는 평이 있었다. 무공 격차를 엄청난 영약들을 섭취하여 억지로 메웠다는 조롱을 받곤 했다. 강호행 당시 다른 무인들과 잘 어울리지 못한 점도 그 때문이었다.

단순한 자격지심이라고 해도 은근히 그 점을 비꼰 오황의 말이 유장경의 아픈 과거를 들추어냈다. 유장경의 심기가 불편함은 물론이었다.

"예나 지금이나 비꼬는 건 여전하구려. 하고 싶은 말 다 하면서 제 명에 사는 사람 못 봤소."

"비꼬는 게 아니라 그냥 있는 그대로를 말하는 건데, 왜?"

"아아, 맞다. 그러고 보니 자연스러움인가 뭔가를 추구하는 무공이라고 했던가? 그런 족보는 듣도 보도 못해서 자꾸만 잊게 되거든. 그나마 다행이오. 만약 내가 잊지 않아서 사마외도의 수법이라는 걸 기억하게 되면, 지금쯤 자운 형을 드넓은 강호가 아니라 금의위 조옥(詔獄)에서 뵙고 있을 거요."

이번엔 오황의 이마에 힘줄이 돋았다. 자신의 무공에 족보가 없다는 건 오황에게도 치명적인 약점이다.

으직.

오황의 발밑 돌바닥이 깨져 금이 갔다.

오황의 표정에 슬슬 살기가 돌았다.

"불알 없는 놈들하고 놀다 보니 겁을 상실한 모양이구만? 자네 불알은 잘 붙어 있는가?"

유장경의 눈빛도 번들거리고 빛났다.

"불충한 언사로 말미암아 그 누구야말로 여생을 불알 없이 살게 될 수도 있겠지."

빠직.

유장경이 서 있던 발밑의 돌바닥에도 금이 갔다.

다시 방 안의 공기가 무거워지자 무이포신 종암이 짜증을 냈다.

"그만들 하지. 자네는 부탁을 하러 왔다면서 나라의 녹을 먹는 관리에게 행패를 부릴 셈인가? 또한 유 부장 역시 무림과 관의 협약에 대해 잊지 말아야 할 것이오."

"흥!"

"어찌 되었든 우리는 조사를 위해 온 것이고, 그 일이 끝날 때까지는 어떠한 부탁도 받아들일 수 없으니 이해해 주게."

오황이 코웃음을 치며 말했다.

"내 모른다니까 직접 알려 주지! 사고를 친 아이는 소림의 속가제자로 성은 장이고 이름은 외자로 건이라 하네. 같이 있던 놈은 내 예전에 가르치던 놈으로 상달이라 하고. 이제 되었는가?"

"그렇군."

"그렇군…… 은 무슨? 다 알고 있었으면서."

"배후는?"

"배후…… 는 무슨? 철딱서니 없는 애 하나가 술 마시고 난동을 좀 부린 거 가지고 무슨 배후가 있다고 캐내려는 건가? 게다가 시비는 도독부의 병사들이 먼저 걸었다는 것도 말해야 알겠는가?"

오황이 탁자를 손으로 내리쳤다.

퍼석!

무른 두부처럼 탁자에 오황의 손이 푹 박혔다.

"자! 내 묻겠네. 이런 말도 안 되는 일로 몇몇 문파에 전 방위로 압박을 가하는 게 무슨 의미가 있는가! 설마하니 내가 생각하고 있는 그 이유가 맞는가!"

"나라의 공무에 개인의 생각은 아무 의미가 없다네."

"그런 쥐똥 같은 소리 말고! 한때나마 목숨을 걸고 함께했던 동료로서 진실된 얘기를 해 달란 말일세! 나와 함께 강호를 종횡무진 누비던 종암은 이렇지 않았다고!"

꿈틀.

딱딱하던 종암의 눈썹이 잘게 떨렸다.

"나는 관리지 더 이상 무인이 아닐세."

"그럼 그렇게 알고 돌아가도 되겠는가? 이번 일을 빌미로 관부와 황궁이 강호 무림을 핍박하려 한다 간주하여도 되겠는가?"

"음……."

오황이 이를 갈며 외쳤다.

"관부와 황궁은 협약을 우습게 여긴 대가를 치러야 할 것일세! 강호 무림이 그렇게 호락호락할 줄 알았다면 오산이야!"

종암이 오황을 직시하더니 물었다.

"대가는?"

오황은 당황했다.

"대가? 관부와 황궁에 어떻게 대가를 치르게 만들 거냐고?"

"아니, 소림의 대표로 왔다면 맨손으로 오지는 않았을 테니 묻는 것일세."

드러나는 비화들

"아아……."

오황은 감정을 추스르기가 어려워 잠시 허탈해했다.

"향후 십 년간, 소림에서는 매년 관부에 무공 교두를 파견할 거야. 특출한 소질이 있다면 그에 걸맞은 무공을 전수하는 것도 고려할 것일세. 또한 관부의 일에도 적극 협력할 것이고."

별것 아닌 듯 보여도 관부에 투신한 무림인이나 문파를 좋지 않게 보는 강호의 관습상 파격적인 조건이었다. 이 조건이 받아들여지게 되면 소림은 여타의 문파들에 조롱거리가 될 수도 있었다.

나쁘게 말하자면 노예 계약을 한 것과 같은 취급을 할 터였다.

하나 위상이 크게 꺾이는 걸 감수하고서라도 이 사태를 어떻게든 막아 보겠다는 소림의 의지였다.

종암이 잠시 생각하다가 말했다.

"알았네."

"알긴 뭘…… 응?"

"알았으니 돌아가게."

오황은 어리벙벙했다.

"알았다는 건 무슨 뜻인가? 이번 일을 자네 선에서 무마해 주겠다는 뜻인가?"

"바로 그 뜻일세."

유장경이 발을 굴렀다.

쿵!

깨진 돌 조각들이 사방으로 튀었다.

"종 형!"

종암이 빤히 응시하자 유장경이 분노했다.

"내 평소 종 형과는 허물없이 지내고 있으나, 지금 이 자리의 지휘관은 본인이외다. 어떻게 감히 본인을 제외하고 그런 결단을 내리는 것이오?"

종암이 담담히 대답했다.

"유 부장에겐 집행권이 있으나 조사권은 내게 있소. 조사 결과, 이것은 도독의 자녀들을 노린 계획적인 사건이 아니라 단순한 시비로 밝혀졌소."

너무 허망한 결과에 오황은 가만히 구경만 하고 있었다.

유장경이 분노해 외쳤다.

"종 형! 종 형은 일개 포쾌로서 지금 금의위 부장의 명에 반박하는 것이외까!"

종암은 대꾸도 않고 오황을 돌아보며 말했다.

"조사는 끝났으니 돌아가게."

"어, 엉? 돌아가야지…… 돌아가야 하긴 하는데…… 정말 누가 그랬었는지 몰랐던 겐가? 내가 말해서 알게 된 건가?"

"그렇다고 해 두지."

아무리 생각해도 이상한 일이다. 설마 종암의 공을 가로채

려고 유장경이 독단으로 이번 일에 끼어든 것인가?

오황은 떨떠름한 얼굴로 종암과 유장경을 번갈아 보았다. 그러다가 얼굴이 벌겋게 달아올라 대춧빛이 된 유장경을 보고 물었다.

"그러니까 자네도 별 이의 없는 거, 맞지?"

유장경이 으득 하고 이를 갈았다.

"없…… 소…….'

"뭔가 좀…… 허무하긴 하지만, 뭐…… 난 그럼 이만 가겠네."

오황은 차마 떨어지지 않는 발걸음으로 집무실을 나가려다가 아직 으르렁거리는 둘을 보고 어색하게 웃으며 한마디를 남겼다.

"어쨌거나, 이제 또 언제 보게 될지 모르겠지만…… 뭐, 아무튼 그때까지는 좀 사이좋게들 지내게."

제6장

장건과 원호의 비무

　장건은 상달과 헤어져 소림 본산으로 올라갔다.

　진산식 준비는 거의 끝나서 마무리 단계에 있었다. 일주문에서부터 외원까지 마감 작업을 하는 일꾼들로 분주하다.

　장건은 가만히 걸음을 멈추고 주변을 돌아보았다.

　곧은 줄을 따라 매달린 색색의 연등과 곳곳에 널린 각종 깃대와 축문이 나란하다.

　"휴,"

　하지만 역시 마음에 들지 않는다. 장건이 계속 소림에 있었다면 분명히 지금보다는 훨씬 더 세심하게 위치를 조정할 수 있었을 것이다.

　장건은 잠깐 동안 주변의 행사용 전시물들을 보다가 차

마 떨어지지 않는 걸음을 억지로 옮겼다.

계율원.

안쪽의 지하 감옥.

굉목을 만나기 위해서였다.

감옥 입구를 지키고 있던 나한승이 장건을 알아보고 자리를 비켜 주었다. 녹슨 창살의 안에는 비쩍 마른 노승 굉목이 좌정을 한 채 눈을 감고 있었다.

'그래도 전보다 안색이 좋아 보이시네. 다행이다.'

장건이 반갑게 폴짝 뛰어 앞으로 갔지만 굉목은 미동도 하지 않았다.

분명히 일부러 소리를 냈으니 이상하다 생각하든가 해야 할 텐데, 일부러 그러고 있는 것이다.

'하여간 성격 참 나쁘시다니까.'

장건은 입을 삐죽 내밀었다. 몸은 좀 괜찮으냐, 어떻게 지내시느냐 하고 반갑게 묻고 싶었는데 아예 모른 척하고 있으니 절로 말투가 퉁명스럽게 나왔다.

"저 왔어요."

"……."

굉목은 대답도 않는다. 장건이 좀 더 큰 소리로 말했다.

"저 왔다니까요? 안 들리세요? 설마 잠깐 뵈러 안 왔다고 삐치신 거예요?"

그제야 굉목이 반응을 보였다.

"귀 안 먹었다. 뭐하러 왔느냐?"
"노사님 뵈러 왔죠, 뭐."
굉목은 눈을 뜨고 인상을 썼다.
"네놈이 한가하다고 하여 다른 사람도 그런 줄 아느냐?"
이젠 장건도 굉목에게 지지 않는다.
"요 며칠을 두고 말씀하신다면야 저도 할 말이 없지만……지금 보니까 노사님이 저보다 더 한가하신 거 같은데요?"
"아는 만큼 본다 했다. 식충이의 눈에는 식충이만 보이는 법이다."
"그럼 노사님은 뭐 하시는데요?"
"쯧쯧, 보면 모를까. 죄인이 감옥에서 뭘 하겠느냐. 참회를 하고 있었다."
분위기가 살짝 무거워졌다. 굉목이 왜 감옥에 갇히게 되었고, 그간 무슨 일이 있었는지 상기된 까닭이다.
"괜찮…… 으시겠죠?"
"뭐가 말이냐."
"노사님요. 진산식이 지나면 판결을 내린다고 했잖아요. 어쩌면 봉행 때 사면이 될 수도 있다고 들었어요."
굉목은 눈을 감아 버렸다. 그리고 한동안 말을 않다가 적이 나지막한 목소리로 말했다.
"죄를 지었으니 벌을 받아 마땅하다. 사사로이 규율을 적용해서는 안 되거니와, 그러기를 원치도 않는다."

"하지만 제가 듣기로는…… 노사님이 단전을 다쳐서 그게 감안이 될 거라 했어요. 이제 더 이상 무공을 못 쓰신다고."

"바보 같은 소리를 하는구나."

"네?"

"무공(武功)이 무엇이냐?"

"자기 몸을 지키기 위한……"

굉목이 장건의 말을 잘랐다.

"무술로 쌓은 공부(功夫)다. 공부는 무엇이냐, 학문과 기술을 배우고 익혀서 자기의 것으로 만드는 것이다."

굉목은 눈을 뜨고 호통을 치듯 장건을 향해 말했다.

"내공은 그 수많은 공부 중의 하나일 뿐이다. 내공은 사라졌으나 그동안 내가 배운 소림의 무학과 몸에 익은 무리는 사라지지 않았다. 그렇다면 나는 무공을 잃은 것이겠느냐, 아니겠느냐?"

"그건……"

"내가 소림을 떠나겠다고 한 것은 그동안 소림으로부터 받은 것을 모두 두고 가겠다는 뜻이다! 내공을 잃은 것으로 끝낸다는 게 말이 되지 않는다는 뜻이다. 이제 내가 왜 선처를 바라지 않는지 그 이유를 알겠느냐?"

굉목의 목소리 끝이 살짝 떨리고 있는데 목소리에는 노기까지 깃들어 있었다.

장건도 답답해져서 언성을 높였다.

"왜 꼭 그렇게 안 좋은 쪽으로만 생각하세요? 왜 고집을 피우세요?"

"네가 뭘 안다고 그러느냐! 네놈은 그저 사고나 치지 말고 부모님께 돌아갈 생각이나 하거라! 조금 머리가 컸다고 해서 어디 시건방지게 군단 말이냐!"

"시건방지게 구는 게 아니라 걱정하는 거잖아요!"

"누가 네 녀석더러 걱정 따위를 해 달라 하였느냐? 그러니까 시건방지다는 게다."

"노사님!"

"닥치거라!"

장건이 굉목의 눈을 똑바로 쳐다보았다.

부릅뜬 눈에 붉은 기색이 감돌며 축축한 물기가 젖었다가 말라 간다.

굉목이 그런 소리를 내뱉고 있지만 정작 그렇게 되고 싶어 하지 않는다는 걸 장건은 안다. 다른 사람은 몰라도 장건은 안다. 소림에서 가장 굉목을 잘 안다고 생각할 수 있는 장건이다.

굉목이란 사람은 원래 그런 사람이니까. 정작 하고 싶은 말은 담아 두는 사람이니까.

그러니까 굉목이 이만큼 말을 많이 한 것만으로도 장건은 굉목이 얼마나 힘겨워하고 있는지 알 것 같았다.

"노사님……"

다시 한 번 처연하게 부르는 장건의 목소리에 굉목도 마음이 동한 모양이었다.

"에잉! 시끄러운 녀석 같으니."

잠깐 망설이던 굉목은 아예 장건에게서 돌아앉아 버렸다.

장건은 길게 한숨을 내쉬면서 자리에 주저앉았다. 소림에 처음 왔을 땐 그렇게 무서워 보이던 굉목의 커다란 등이 이렇게나 왜소해 보이긴 처음이다.

굉목의 다친 마음…… 아픈 상처…… 그 깊이가 얼마만큼인지 장건도 모른다.

하지만 지금 굉목이 느끼고 있는 감정, 그것은 장건이 장담하건대 분명 분노였다. 분노의 감정이었다.

장건이 조용히 물었다.

"노사님은…… 왜 그렇게…… 미워하세요?"

돌아선 채 굉목이 한껏 퉁명스럽게 대답한다.

"네놈이 하는 짓이 같잖아서 그렇잖으냐."

"저 말고요. 노사님은 절 미워하시는 게 아니잖아요."

"……"

굉목은 장건이 그런 말을 할 줄 몰랐다. 그래서 말을 잇지 못하고 한순간 꿀 먹은 벙어리가 되어 버렸다.

한참이나 정적이 흘렀다.

장건도 아무 말 없었고 굉목도 그러했다.

그러나 장건은 굉목이 자신의 말을 부정하지 않고 있다는 걸 알고 있었다. 굉목은 아마도 그런 식으로 자신의 마음이 드러나고 있다는 것을 모르고 있을 터였다.

한참을 더 있다가 결국 굉목이 먼저 입을 열었다.

"이제 그만 가 보거라. 할 일이 정 없으면 네가 싫어하는 무공 수련이라도 해라. 곧 밖으로 나갈 놈이 뭐라도 하나 얻어는 가야 할 거 아니냐."

장건은 입을 삐죽거리면서 대꾸했다.

"그럼 노사님이 가르쳐 주시면 되잖아요."

"이 녀석이……?"

굉목은 황망한 얼굴로 돌아보려다가 다시 고개를 팩 돌려 버렸다.

"귀한 밥 먹고 헛소리하는 거 아니다. 나는 이제 더 이상 소림의 제자가 아니니 내게 배우겠다는 소리도 하지 말거라. 그게 아니더라도 나는 누굴 가르칠 자격이 없는 사람이다. 알았으면 가거라."

"또 올……."

또 오겠다고 하는 건 나중에도 굉목을 옥에서 보겠다는 말이다. 그런 좋지 않은 말을 할 수는 없었다. 장건은 무의식적으로 나오던 말을 삼켜 버리고 나지막이 한숨을 쉬었다.

"진짜, 이러지 좀 마세요. 꼭 저한테 그렇게 나쁘게 말 안 하셔도 되잖아요."

굉목은 대답도 하지 않았다.

완강한 굉목은 소림에서 어떤 좋은 판결이 나와도 받아들이지 않을 터였다. 죄인이 오히려 뻗대는 희한한 상황이지만, 소림에서 과연 누가 그를 설득할 수 있을까.

"하아……."

장건은 다시 한 번 한숨을 내쉬었다. 이제껏 힘들 땐 굉목에게 의지했었는데 정작 굉목이 저런 상태가 되었으니, 장건은 누구에게 의지를 해야 할지 갈피를 잡을 수가 없었다.

그때 밖에 있던 나한승이 누군가의 연락을 받았는지 들어와 장건을 불렀다.

"장 사제, 원호 사백님께서 부르신다."

"아, 예. 지금 갈게요."

장건은 여전히 등을 보이고 있는 굉목의 등을 향해 조용히 합장을 하고는 위층으로 올라갔다.

집무실에서 원호가 잔뜩 쌓인 죽간들 사이에서 장건을 기다리고 있었다.

"사백님, 부르셨어요?"

장건이 들어서며 반장을 하자 원호가 들고 있던 죽간을 내려 두고 함께 반장했다.

"게 앉거라."

"아니에요, 그냥 서 있을게요."

원호가 생각해 보니 밤에 한 번 만난 것을 제외하고 직접 장건과 마주 보며 대화하는 자리를 만든 건 이번이 처음이다. 아무리 바쁘더라도 시간을 낼 수 있었는데 그렇게 하지 못했다. 진작 이런 기회를 가졌어야 했다는 생각을 하면서 쓸쓸한 웃음이 난다.

"왜…… 웃으세요?"

"아니다."

원호가 상념을 날리고 장건을 보았다.

"그래, 마음은 좀 진정되었고?"

"예?"

"무진이 너를 데리러 갔다가 네가 심상에 빠져 있는 걸 보고 그냥 돌아왔다더구나."

"아아, 네. 그대로 잠들었는지 일어났더니 아침이더라구요."

무진의 목소리를 들은 것 같다 싶더니 정말 왔던 모양이다. 무엇 때문에 왔었는지는 안 들어도 뻔한 일이다.

장건은 크게 허리를 숙였다.

"무슨 일이 있었는지 들었어요. 정말 죄송합니다. 제가 너무 큰 잘못을 저질렀습니다. 걱정 끼쳐 드려서 죄송해요."

원호가 어이없다는 듯 웃었다.

정작 본인은 모르고 남들에게 들어서 알았다니까 허탈하다. 그러나 얼마나 큰일인 건지 장건이 자각이나마 하고 있어 다행이다.

그럼 화를 내야 할까, 아니면 달래야 할까?

이런 불편한 자리는 또 처음인 원호다. 어린애들을 상대하는 게 어른들 상대하는 것보다 더 힘들다. 장건도 벌써 열일곱이니 이젠 어린애라고 하기 좀 그렇지만, 원호가 보기엔 여전히 어린애인 건 마찬가지다.

거기에 장건에 대해서 원호는 일종의 죄책감 같은 것을 가지고 있다. 연민을 느끼고 있기도 하고, 또 한편으로 무슨 사고를 칠지 몰라 두려운 존재기도 하다.

그래서 어떻게든 이해해 주려 하는 마음이 든다.

사실 이번 일만 해도 장건이 혼나야 할 일이 한둘이 아니다. 술을 마신 자체만으로 징벌감이고, 마을에 함부로 내려가 시비가 난 것도 질책감이다.

그러나 술을 먹인 일에는 방장 굉운의 허락이 있었고, 장건은 그게 술인 줄도 모르고 마셔 댔다는 굉료의 증언도 있었다. 마을에 내려가 싸움이 난 것도 관부의 시비가 먼저 있었고, 쌍봉우사는 장건을 죽이려고까지 했으니 장건이 그 정도에서 그친 건 어떻게 보면 최소한의 방어로 끝낸 거다…… 라고 볼 수도 있었다.

참으로 갑갑한 노릇이다. 결국 장건은 딱히 잘못을 한 게 있다고 보기도 어려운 것이다.

심지어 이번 관부의 과장된 대처도 관과 무림의 오래된 갈등에서 기인한 것이고 장건은 그저 빌미를 제공했을 뿐이니……

'이게 혜원사의 금오 대사님 말씀처럼 건이의 운명이란 말인가?'

자신의 인생도 참 많이 꼬였구나, 하고 생각하는 원호지만 장건에 비하면 애들 장난이나 다름없다.

가련하기도 하고, 난감하기도 하고.

'이 불쌍한 아이를 어찌해야 할까. 어떻게 이 아이를 지켜 줄 수 있을까…… 이 녀석을 안고 가면 소림은 또 어찌 될까……'

원호가 고민을 하느라 가만히 있자, 장건이 망설이다가 원호를 보고 물었다.

"저기, 사백님."

"음? 왜 그러느냐?"

"이마 다치셨네요?"

원호가 찢어진 이마를 살짝 매만지며 대답했다.

"그렇게 됐다. 내게 뭔가 할 말이 있느냐?"

"예, 제가 이런 말 드릴 자격은 없지만 한 가지…… 부탁드려도 돼요?"

만약 장건이 어른이었다면 가당찮은 소리 하지도 말라고 고함부터 질렀을지 몰랐다.

"말이나 해 보거라."

"굉목 노사님이요, 방금 만나 뵙고 왔는데 자꾸만 고집을 부리셔요."

꽹목의 얘기였구나. 다행이다 싶다. 그래, 아이의 눈에 보이는 세상은 지금으로선 그게 전부인 것이다. 소림이 어떤 지경인지, 자신이 어떤 처지에 있는지 안다 하더라도.

'내게는 그런 사람이 있었던가······.'

불현듯 차오르는 외로움에 원호는 씁쓰레하게 물었다.

"뭐라고 고집을 부리시더냐?"

"소림에서 받은 걸 다 두고 가시겠다고요. 그건······ 분명히 안 좋은 뜻이겠죠, 그렇죠?"

원호도 한숨이 난다.

"그래, 그렇게라도 사숙께선 이 소림을 떠나고 싶으신 것 같구나."

장건이 눈물을 그렁거리면서 말했다.

"사백님, 저 앞으로 말 잘 듣고 시키는 대로 다 할 테니까 우리 노사님 좀 살려 주세요, 예? 사백님, 제발 부탁드려요."

무슨 표정을 지어야 할지 원호는 잠시 고민했다.

'이놈아, 그분은 내게도 사숙이다. 어떻게든 죄를 경감해 보려 해도 본인이 한사코 거부를 하니, 나라고 무슨 방법이 있단 말이냐.'

그러나 그 말을 밖으로 내뱉지는 않았다. 계율원의 수장으로서 계율을 가벼이 하는 발언을 할 수는 없었다.

"방법을 생각해 보마."

"정말이시죠?"

"약속하마. 내 어떤 일이 있어도 사숙을 저버리지 않겠다."
장건의 얼굴이 환해졌다. 원호는 절레절레 고개를 저었다.
'누가 이 아이를 보고 당금 강호를 뒤엎을 만한 절세 고수라 하겠는가……'
어디 내놔도 손색이 없을 소림의 대제자인 무진이 근처에 가 보지도 못하고 쥐어 터져서 왔다. 무진은 최근에 경지가 높아져서 스스로도 꽤 자부심을 느끼고 있던 터였다.
우내십존과 비등하게 겨룰 정도의 장건이었으니 무진이 장건에게 상대가 안 되는 게 당연하지 않냐, 하는 얘기들도 있었다. '지금 소림에서 장건을 감당할 수 있을 만한 사람이 몇이나 될까?' 하고 궁금해하는 소림 제자들이 대다수다.
그런데 굉운이 원호에게 희한한 말을 했다.
―자네가 건이를 가르쳐 보면 어떻겠나?
라는 말이었다!
그냥 가르치는 거라면 가르칠 게 없어도 가르치겠다고 대충 대답을 하겠는데, 그냥 가르치라는 게 아니었다.
―내일이 지나고 나면 시간도 없을 테니 이 기회에 몸을 한번 풀어 봐도 좋겠지.
원호는 황당함을 이루 말할 수가 없었다.
'그게 가르치라는 겁니까? 맞으라는 거지!' 하고 소리를 칠 뻔했다.
굉운의 곁에는 신비문파 천문서원에서 온 마해 곽모수까

지 있었다. 그러니 손님 앞에서 창피를 주려는 생각은 아닐 테고, 다른 의도가 있을 터였다.

그런 원호의 생각을 읽기라도 한 듯, 굉운이 말했다.

―곽 선생께서 건이에게 비은을 일러 주셨다 하네.

비은?

옆에서 마해 곽모수가 덧붙였다.

―원호 대사의 경지가 결코 낮지 않은데 의아해하시는 걸 보니, 아마도 그 아이를 직접 대하신 적이 없는 모양이오.

그 말에 원호는 잠시 자신을 돌아보게 되었다.

장건이 이상한 짓을 하는 건 많이 보았다. 그러나 직접 손을 마주친 적은 없었다.

처음엔 장건이 싫었고, 나중엔 체면 때문에라도 손을 섞을 수가 없었다. 장건과만 부딪치면 죄다 창피를 당하는데 굳이 싸울 일이 없었다.

그런데 생각해 보니 그래서는 안 되었던 것 같다. 장건을 쫓아내려 했든 보호하려 했든 그에 선행해야 하는 일이 있었다.

바로 장건을 아는 일이었다. 정작 원호는 장건에 대해서 잘 알지도 못하면서 남에게 들은 얘기나 정보만으로 장건을 판단하고 있었다.

그것만큼은 정말 후회되는 일이었다.

'흐음······.'

원호는 조금 전 굉운과 했던 얘기를 떠올리면서 장건을 쳐다보았다.

"나는 네게 사숙을 돌보겠다고 약속했다. 그러니 너도 네가 말한 바를 지키겠느냐?"

"네. 무엇이든 시키시는 대로 할게요."

"그래, 그럼 계율원 앞마당에 연무장이 있으니 따라오너라."

장건은 습관적으로 '네?' 하고 물어보려다가, 시키는 건 다 하겠다는 자신의 말 때문에 입을 다물었다.

하지만 의아한 표정을 감출 수는 없었다.

원호가 말했다.

"누구 말대로 내일이면 체면치레 때문에라도 비무를 하기 힘들 테니, 그 전에 한번 해 보려는 거다."

장건은 갑작스러운 원호의 말에 아직 젖은 채인 눈으로 똘망똘망 바라볼 따름이었다.

갑자기 웬 비무?

*　　　*　　　*

원호는 조금 당황했다.

"아니, 이놈들이?"

연무장 근처에 적어도 백 명이 넘는 이들이 있었다. 아직도 꾸역꾸역 몰려드는 것으로 보아 그 수는 시간이 지날수록 더 불어날 듯했다.

제자들은 물론이고 슬슬 원 자 배와 굉 자 배의 승려들까지 모습을 드러내는 것으로 보아 소문이 퍼진 게 확실했다.

원호 사백과 장건이 한판 뜬다!

진지한 표정으로 보러 온 게 아니었다. 마치 나들이라도 나온 양, 어디 구경거리가 생겨서 보러 온 양 즐거운 얼굴들이었다.

사실 장건이 누군가와 비무를 하는 걸 본다고 해서 배울 점이 있진 않았다. 볼 게 있어야 배우든가 하지 않겠는가. 거의 움직임이 없으니 일반 제자들은 봐도 뭘 하는지 알 수가 없다.

그러니 사실상 이렇게 많이 몰려들었다는 건 비무를 관전하고 배우겠다는 게 아니라 단순한 구경으로 온 거라고밖에 할 수 없는 것이다.

전부 다 화기애애하게 얘기를 나누고 있는데, 원호는 안 봐도 무슨 말들을 하고 있을지 알 것 같았다.

부글부글.

'그래, 내가 얻어터지는 꼴을 그렇게 보고 싶었다 이거지?'

아무리 생각해 봐도 그 이유 하나밖에는 없잖은가!

괘씸하다는 생각과 함께 '두고 보자!' 하는 오기도 생긴다. 저 중에는 분명 원호가 얼마나 버틸까, 하고 내기를 건 녀석들도 있을 터다. 원호가 이길까, 장건이 이길까가 아니라 말이다.

'내기 걸었다가 걸리면 죄 치도곤을 안겨 주마!'

하기야 평소에 늘 인상만 쓰고 다니던 원호였는 데다 당장 내일이면 방장이 될 것이니, 장건과의 비무가 화젯거리가 될 수밖에 없긴 하다.

하지만 근 한 달을 진산식 준비하느라 다들 지쳐 있었기 때문에 간만에 활기에 찬 얼굴들을 보는 것도 나쁘지 않았다. 잠시 쉬러 온 셈이라고 해도 말이다.

'확실히 내 안에서 뭔가 바뀌긴 한 모양이군.'

예전이었다면 분명 원호는 분노에 찬 고함을 고래고래 질렀을 터였다. 그런데 지금은 이런 분위기가 별로 나쁘다는 생각이 들지 않았다.

'그래도 평생 강호 역사에 회자될 텐데 호락호락하게 질 성싶으냐?'

단순히 진다는 것이 아니라 얼마만큼 해 주느냐도 원호에게는 중요한 일이다. 소림의 차기 방장이 어린아이에게 손도 써 보지 못하고 진다는 게 얼마나 웃긴 얘기가 되겠는가 말이다.

원호는 잠시 숨을 고른 후 옆의 나한승을 향해 눈짓했다.

나한승이 두 개의 목검을 들고 와 원호와 장건에게 하나씩 건넸다.

 장건은 물론이고 지켜보던 이들이 다 의문의 표정을 지었다. 장건이 등에 화산의 보검을 지고 있긴 해도, 검성이 검을 사사했다 말하고 다녀도 실제로는 권을 쓴다는 건 다들 아는 사실이었다.

 그런데 웬 목검?

 장건도 당연히 똑같은 눈빛으로 원호를 보았다.

 원호가 아무렇지 않게 대답했다.

 "뭔가 대단한 걸 해 보라고 준 게 아니니까 부담 없이 휘둘러 보거라. 보통 가장 흔한 얘기로 병기는 손의 연장이라고 하지."

 장건이 약간 저어하는 투로 말했다.

 "하지만 저는 칼은 좀……."

 "말했잖으냐. 편하게 휘둘러 보라고. 자, 그럼 준비하거라."

 원호의 말에 장건은 머뭇거리며 목검을 쥐었다. 대충 검끝을 아래로 하고 섰다.

 그러나 그것만으로도 앞에 선 원호에게는 약간의 부담이었다.

 '이런 느낌이었군…… 이 녀석의 앞에 선다는 건.'

 왜 다들 당혹스러워했는지 알 것 같았다.

직립하여 서 있는 장건의 자세는 아무것도 아니었다. 말 그대로 그냥 '아무것도 아닌' 자세였다.

 보통 사람이라도 싸우라고 하면 자기도 모르게 급소 정도는 신경 써서 가리려는 태세를 취한다.

 그런데 장건은 아무것도 없다. 전신이 그냥 허점이다. 아무 데나 때리면 맞을 것 같다.

 그러나 거기에 함정이 있다.

 나무는 그냥 그 자리에 서 있을 뿐이다. 하다못해 가시넝쿨처럼 방어할 것도 없다.

 하나 누구도 나무를 보고 '허점이 있다.'라거나 혹은 '약점투성이다.'라고 말하지 않는다.

 장건이 딱 그러하다. 온몸에 약점이 드러나 있으나 약점이라고 할 수 없었다. 오히려 약점이 없다고 말하는 게 옳다 싶을 정도다. 얼핏 홍오의 무량세와 비슷하면서도 완전히 다른 의도의 자세.

 실로 오랜만에 묘한 흥분이 돈다.

 원호는 간만에 긴장감을 느끼면서 그것을 서서히 투지로 바꿔 갔다. 연무장 가운데에서 원호를 마주 보고 선 장건도 원호의 투지를 느끼고 긴장을 하는 듯했다.

 수백 명이 몰려와 시끌벅적하던 분위기가 금세 적막해졌다. 재미난 구경을 하는 듯한 표정은 여전하지만 다들 둘의 비무에 방해가 되지 않도록 일제히 침묵했다.

장건이 끌어 올린 공력으로 인해 목검에 어스름히 검기가 맺혔다. 극히 얇게 검기가 맺혀 있지만 목검의 표면이 번들거리면서 확실히 검기를 담아냈다고 알려 준다.
　지켜보던 이들 중 무위가 높은 몇몇은 장건의 검기를 느끼고 조금 놀랐다. 친선 비무인데 시작부터 검기를 맺는 것은 위험한 일이다.
　하지만 원호는 뻔히 알면서 아무 말도 하지 않았다. 삼 초를 양보한다느니 하는 말도 하지 않았다.
　이것은 장건에게는 가르침의 비무일 수 있으나 원호에게는 일종의 시험 무대와도 같은 것이다. '비은'이라는 포괄적인 단서를 가지고 굉운이 낸 수수께끼를 풀어내야 한다. 그렇지 못하면 분명히 창피를 당할 것이다.
　뭔가 짚이는 게 있어서 목검을 던져 주긴 했는데, 과연 그것이 옳을지는 아직 알 수 없는 노릇이다.
　'후읍.'
　원호는 숨을 들이켜고 달마진검(達磨鎭劍)을 펼치며 천천히 장건을 압박해 들어갔다.
　반대로 장건의 입장에서는 날벼락도 이런 날벼락이 없었다.
　비무라는 자체가 익숙하지 않은 장건에게는 손윗사람인 원호와 '싸움'을 한다는 게 불편하기 그지없다.
　거기다 권으로 싸우라 해도 애매해 죽겠는데, 난데없이 검이라니?

전에 소왕무와 검을 논한 적도 있지만 애초에 칼이라는 무기에 대해 거부감이 많은 장건이었다. 우내십존과의 악연(?) 중 첫 번째가 바로 청성일검에게 칼질을 당한 사건이 아닌가.

 나중엔 검성에게 원치 않던 검까지 받아 메고 다녔던 터라 그것도 귀찮고 싫은데 말이다.

 그래도 일단 무엇이든 하겠다고 한 터에 안 하겠다고 할 수도 없었다.

 '어떻게 해야 하지?'

 무공을 배우지 않은 사람이라도 손에 막대기 하나 쥐어 주면 알아서 잘 휘두르기 마련이다. 칼도 마찬가지다.

 한데 이상하게 장건은 계속해서 갈피를 못 잡고 있었다. 가장 먼저 떠오르는 것은 검성의 검무에서 본 검법인데, 거기에 자신의 모습을 대비시키면 좀처럼 그림이 그려지질 않는다.

 그사이 원호가 두어 걸음을 앞으로 껑충 뛰어오며 가볍게 목검을 내지른다. 장건의 명치를 찔러 오는 정정당당하고 간결한 한 수다.

 장건은 몸을 옆으로 틀어서 원호의 검을 피했다. 허공을 쿡 찌르고 돌아간 원호의 목검의 끝이 아주 작은 원을 그리며 옆으로 돌아 장건의 허리를 그었다. 장건은 제자리에서 반 바퀴를 돌며 옆으로 이동해 아슬아슬하게 피했다.

 원호는 집요하게도 장건을 추격했다. 발등을 찍었다가 종아리에서 허벅지를 그었다가 하며 연신 압박을 가한다. 그때마다 장건은 절묘한 움직임으로 원호의 목검이 살짝 스쳐 지나갈 정도의 간격으로 피해 냈다.

보던 이들의 탄성이 연신 터져 나온다.

그러나 원호는 공격이 실패하는 것을 별로 개의치 않고 계속해서 초식을 이어 간다.

장건의 입장에서 보자면, 사실 원호의 검은 별로 빠르지 않아서 피하고만 들자면 밤새도록 피할 수도 있을 것 같다.

무당의 검처럼 연계 초식이 흐르는 물같이 계속 이어지는 것도 아니고 청성의 검처럼 쾌속하지도 않다. 화산의 검처럼 정교하고 예리하지도 않다.

다만 조금 특이한 것은 엇박자라는 점이었다. 딱딱딱 하고 맞춰져 있는 검초가 아니라 따악 딱따닥 하고 예상하기 어렵게 공격이 들어온다. 어떨 땐 다섯 번의 연속 찌르기가 들어왔다가 이어 느릿한 하단 베기 후 갑자기 빠르게 머리를 두 번 찍고 아래로 가는 허초에서 다시 머리로 한 번, 이런 식이다.

계속 몰아치는 것도 아니고 완전한 무작위도 아닌 희한한 공격이었다.

장건이 공격으로 그 흐름을 끊자 하면 못 할 것은 아니었다. 눈에 보이는 흐름의 허점이 분명히 있어서 그 사이를 끊을 수 있었다.

그런데 어떻게 해야 할지 몰랐다. 검을 어떻게 써서 그 사이를 끊어야 할지 몰랐다. 그냥 거기에 검을 가져다 대는 것만으로도 충분할 것 같은데 손이 움직여 주지 않는다.

'뭐, 뭐지?'

아무리 검이 싫다고 해도 목검이니 날도 없는 것이라 아주 못 할 정도는 아니었다. 그런데도 장건은 손가락 하나 까딱할 수 없었다.

장건의 움직임은 늘 최적의 선을 따라간다. 머릿속으로 그림을 그리고 거기에서 최고의 효율을 따라 몸을 움직이는 형태다. 한데 도저히 검으로는 그게 그려지지 않는다. 전엔 됐는데 지금은 안 되는 거다.

'안 되겠다. 이걸 그냥 내 손이고 팔이라 생각해 봐야겠어.'

장건은 거푸 원호의 공격을 피하며 계속해서 생각을 거듭했다. 하지만 결론은……

'으아악! 안 그려져! 안 돼! 왜 안 되는 거야? 칼로 사과도 깎고 여러 가지 했었는데, 왜 비무로는 할 수가 없어?'

머리로 그릴 수가 없으니 손도 움직이지 않는다.

게다가 실제로 장건은 이렇게 오랫동안 공격을 회피해 보긴 처음이었다. 벌써 수십 번의 검초가 쏟아진 것 같다.

'어? 그렇게 오래됐나?'

그걸 자각하는 순간 점점 몸이 둔해진다 싶더니 갑자기 근육에 약한 진동이 온다. 아니, 진동이 아니라 경련이다.

"큭!"

갑자기 몸이 굳어 왔다.

수십 개의 복잡한 근육과 관절을 통해 움직이던 장건식의 세심한 보법 운용은 조금 흔들린 것만으로도 치명적이었다. 세밀한 근육을 조절하지 못하니 모든 게 다 엉망이 되어 멈춰 버렸다.

아니나 다를까.

빡!

여지없이 원호의 목검이 장건의 정수리를 두들겼다.

"악!"

이를 지켜본 수많은 소림의 제자들이 죄다 눈을 휘둥그레 떴다.

"와아!"

'어딘가 평범해 보였던 원호의 검술이 그 대단한 장건을 격침시키다니······!'는 좀 과장된 것이고, 어쨌거나 한 방 먹였다는 것만으로도 놀라운 일이었다.

속가제자들은 물론이고 무 자 배나 원 자 배, 굉 자 배마저도 믿을 수 없어 했다. 장건이 봐준 건가 의심이 되기도 했다.

"켁켁켁!"

장건은 사레들린 듯 연신 기침을 하며 뒤로 물러났다. 왜 몸이 굳어서 뻔한 공격도 못 피했는지 알 수가 없었다.

반대로 원호는 눈물을 찔끔 흘리는 장건을 보면서 묘한 통쾌함을 느꼈다. 속이 다 시원해지는 느낌이었다.

"껄껄껄!"

자기도 모르게 큰 소리로 웃어 버린 원호를 보며 장건이 뾰루퉁한 표정으로 볼을 부풀렸다.

"씨잉……."

"씨이? 요놈 봐라?"

원호가 다시 검을 들어 장건을 공격해 갔다.

이번에도 엇박자로 공격하는 건 여전했는데 좀 전보다 속도가 더 빨랐다. 장건은 아직도 목검을 움직이지 못해 쉴 새 없이 피하기만 했다.

달마진검은 하체는 진중하고 상체는 날렵한 검공이다. 장건이 피할 방위를 미리 선점하면서 굳건히 자리를 지키고 자유로이 공격을 펼친다.

장건은 계속해서 피하다가 이상하다는 생각이 들었다.

'어?'

목검을 어떻게 쓸까만 고민하느라 미처 생각하지 못했는데 자꾸만 숨이 가빠 오고 있었다. 그러고 보니 거의 숨을 쉬지 못했다. 처음 한 모금의 호흡을 들이켠 것이 전부다. 그래서 숨이 부족해 시야가 흐려지고 근육이 굳는 것이었다.

원호의 검초가 느릿해지자 장건은 이때다 싶었다. 숨을 쉬려고 잠깐 발을 디디며 뒤로 몸을 피하는데, 어떻게 알았는지 원호가 번개처럼 공습을 가해 온다.

'흡.'

장건은 숨을 들이쉬지 못하고 뱉을 수밖에 없었다.

숨은 멈추거나 내뱉는 때에만 몸을 민첩하게 움직일 수 있다. 숨을 마시면서는 몸에 힘을 주거나 빠르게 근육을 조종할 수 없다. 그건 장건이 아무리 경지가 높아도 사람이니까 어쩔 수 없는 일이었다.

그래도 먼젓번 공격 때는 거의 백 초에 가까운 공격을 피해 내다가 숨이 막혀서 얻어맞았다. 그런데 이번엔 이십여 초도 지나지 않아서 숨이 가쁘다.

평소 장건은 마음만 먹으면 일각도 더 숨을 참고 버틸 수 있었다. 이 정도로 숨이 찰 리가 없다.

'아!'

원호의 엇박자 공격이 문제였다.

숨을 쉬려고만 하면 그때마다 어떻게 아는지 공격이 들어온다. 그래서 자꾸 호흡을 할 기회를 놓치게 된다. 왜 그런 이상한 엇박자의 흐름을 타는가 싶었는데 따져 보니 정말로 절묘하기 그지없는 찰나의 공격이었다.

원호의 흐름에 갇혀서 피하기만 하다 보니 장건은 완전히 자신의 흐름을 빼앗기고 있는 것이다. 반격을 해야 흐름을 끊을 수 있을 텐데 그렇지 못하고 있으니…….

결국 한 모금의 호흡을 할 기회도 얻지 못하면 십여 초가 지났고, 장건의 근육은 경련을 일으키며 몸이 굳는다. 그리고 얄밉게도 원호의 목검은 방금과 같은 곳을 가격했다.

딱!

"켁! 아얏! 콜록 콜록."

장건은 또 기침을 하며 숨을 마구 몰아쉬었다. 머리를 만지는데 혹이 두 개나 생겼다. 만지기만 해도 화끈거려서 눈물이 줄줄 났다.

어이없게도 그동안 장건이 이 정도의 장기전을 펼쳐 본 적이 없었던 것이 약점으로 확연히 드러나는 순간이었다. 대부분은 끽해야 두세 번 손을 섞으면 상대를 쓰러트릴 수 있었으니 말이다.

그동안은 전혀 호흡에 대한 고민을 해 본 적이 없었다. 확실히 경험과 기본의 부족이다.

"쯧쯧쯧."

원호가 혀를 찼다.

아무리 원호의 경지가 우내십존에 못 미친다 하더라도 원호는 소림의 차기 방장으로 추대될 정도의 인물이다. 어렸을 때부터 소림의 정통 무공을 사사하였으며 젊었을 때 겪은 강호에서의 무수한 경험으로 소림의 누구보다도 실전적인 면이 강하다.

때문에 지닌 바 무공의 깊이보다 실전에서 굉장히 뛰어나다. 이미 처음 장건의 반응을 보면서 호흡에 문제가 있다는 걸 눈치채고 두 번째엔 그것으로 몰아붙였던 것이다.

'제대로 사용하지 못하는 걸 보니 곽 선생의 생각이 맞는 것 같긴 한데······.'

놀랍게도 그의 말대로 장건은 허둥대는 중이다.

"도대체 뭘 하는 거냐?"

장건은 눈물을 닦으면서 원호를 원망스러운 눈으로 보았다. 목검을 준 원호의 의도를 알 수도 없고 함부로 굴 수도 없는지라 참았는데, 아파서 그냥 맞고만 있을 수가 없었다.

정작 당황스러운 건 장건도 마찬가지였던 것이다. 왜 목검을 휘두를 수조차 없는지 모르니 말이다.

"저도 이제 안 참을 거예요!"

목검을 들고 있다고 목검을 쓰란 법은 없지 않은가!

"진작에 그랬어야 되는 게 아니었느냐?"

"흥~!"

머잖아 방장이 될 고승을 향해 불경스럽게도 삐친 마음을 그대로 표현하며 장건은 공력을 끌어 올렸다.

훅!

한순간 장건의 발밑에서 먼지가 원형으로 밀려 나갔다.

불쑥, 불쑥.

장건의 몸에서 기의 가닥 네 개가 튀어나왔다. 장건의 눈빛이 빛난 순간, 기의 가닥은 마구 쇄도하는 물소처럼 원호를 향해 날아들었다.

쉬이익!

원호는 갑작스레 온몸의 솜털이 곤두서는 것을 느꼈다. 장건은 조금도 움직이지 않으나 뭔가가 발생하여 날아오고 있음이 피부로 느껴졌다.

갑작스런 기의 유동.

원호는 곧바로 수비형 초식을 전개했다.

무진이 전날 한 말이 기억났다.

―장 사제가 탈각 중이었는데 믿을 수 없게도 주변에 보이지 않는 몽둥이 서너 개가 날아다니는 것 같았습니다. 땅을 쑥대밭으로 만들고 마구잡이로 날뛰는데 저는 부끄럽게도 도저히 그 안으로 가까이 다가갈 수가 없었습니다. 오황 선배님도 그것이 능공섭물인지 권풍인지 정체를 알 수 없다 하셨고요.

모르긴 몰라도 그 희한한 수법임에 틀림없었다.

오른발의 안쪽 복사뼈를 앞으로 내보이게 꺾어서 단단히 바닥을 미는 형태를 만들고 왼 무릎을 꿇은 좌반식(坐盤式)으로 목검을 내질렀다.

텅!

약간의 공력을 담았는데도 목검이 뭔가에 부딪치며 흔들렸다.

'아직 더 있다!'

오른발로 바닥을 밀쳐 퉁겨 일어나며 오른 무릎을 굽히고 선 독립식의 자세로 검을 거꾸로 든다.

텅!

손아귀가 찢어질 듯 진동이 온다. 그러나 거기서 끝이 아니었다. 원호는 빠르게 몸을 뒤쪽으로 기울이며 오른발을 뒤로 뻗어 딛고 왼발은 떼지 않은 상태 그대로 쭉 뻗은 후좌식(後坐式)에서 검을 한 바퀴 돌렸다.

텅!

눈앞에서 보이지 않는 뭔가가 튕겨 나가는 오싹한 기분은 아마도 당한 사람만이 알 터다.

세 번째의 방어가 끝난 후에도 아직 위험이 끝나지 않는다. 피부의 소름이 가라앉지 않고 있다. 세 번의 공격을 막으면서 몸이 자꾸만 뒤로 밀리고 있다.

원호는 저릿한 손을 달랠 틈도 없이 오른발을 쭉 뒤로 빼서 굽혀 자세를 완전히 낮추고 부퇴식으로 몸을 가라앉혔다. 목검을 뻗어 땅에 긋듯이 내밀어 하체를 보호한다. 이번엔 어디로 올지 원호도 몰랐다.

부와아앙—

하지만 다행히도 계인을 찍은 민머리 위로 서늘한 바람이 스쳐 지나갔다. 원호의 승복 자락이 마구 휘날린다. 마지막 공격은 빗나갔다.

만약 원호가 무진의 얘기를 듣지 못했다면 분명 낭패한 꼴을 면치 못했을 터였다. 원호가 '후.' 하고 숨을 내쉬는데 정수리에서부터 식은땀이 미간을 타고 흘러내렸다.

지켜보던 소림의 승려들은 말을 잃었다.

장건은 조금도 움직이지 않았다. 목검도 대충 늘어트린 자세 그대로였다. 뭔가를 아주 빨리 했더라도 이 중에 있던 몇몇은 분명 그것을 알아챌 수 있을 만한 사람들이었다.

그러나 그들조차 장건이 움직이는 걸 보지 못했다.

장건이 어떤 식으로든 공격한 것은 확실했다. 그러니까 원호가 검으로 수비를 하고 뭐가 펑펑 터져 나갔던 걸 거다.

족히 대여섯 걸음은 더 되는 거리에서 보이지도 않는 공격을 말이다.

소왕무와 대팔은 입을 쩍 벌리고 다물지 못했다. 둘은 뒤늦게 와서 자리를 차지하지 못했다. 하여 계율원의 담벼락에 올라가 장건과 원호의 비무를 보고 있던 중이었다.

"지, 지금 봤냐?"

"못 봤는데?"

"……아니, 나도 못 보긴 못 봤는데, 그거 말고 지금 저거 봤냐고 물어보는 거잖아."

"그러니까 저거 봤냐고 해서 못 봤다잖아. 못 봤다면서 봤냐는 건 뭐냐고, 이 병신 같은 놈아."

"젠장, 말이 안 통하는 놈이라니까. 그럼 니가 지금 보고 있는 게 뭔데?"

"니 못생긴 얼굴 본다, 이 새끼야."

"아! 자식아, 그러니까 장건이 원호 사백님을 공격하고 있는 게 우리가 지난번에 본 그거 맞냐구!"

대팔이 얼굴을 확 찡그리며 고민하는 투로 되물었다.

"아, 그때 움직이지도 않고 점혈했던 거?"

"그래."

"근데 저건 점혈이라고 보기엔 좀 그렇지 않아? 장풍 같은데."

"손바닥에서 나가야 장풍이지. 손바닥에서 나가는지 발바닥에서 족풍이 나가는지 건이가 움직이질 않는데 어떻게 알아?"

"병신아, 서 있는데 족풍이 나가겠냐? 이건 뭐 바보도 아니고, 무슨 머리 대신 돌멩이를 얹고 다니나."

"이 새끼가? 인마, 예를 들어서 그렇다는 거지. 그럼 머리에서 나가면 두풍이라 그럴까?"

"두풍이 어딨어, 입으로 구풍을 쏘면 모를까."

"미친 새끼, 지랄도 풍년이네. 그러다가 뭐, 콧김으로 사람 죽인다는 얘기도 나오겠다?"

"콧김으로 사람을 왜 못 죽여? 난 니 입에서 나는 그 발 냄새로도 사람을 죽일 수 있을 거 같……."

그때 뒤에서 누군가 소왕무와 대팔의 머리에 꿀밤을 먹였다.

"아따, 거, 요놈들 무지하게 시끄럽네."

딱딱 하고 청명한 소리가 울리며 소왕무와 대팔은 머리를 움켜쥐었다.

"으악!"

"윽! 누, 누구……."

무슨 돌로 때린 건지 머리가 종처럼 댕댕 하고 울려서 정신을 차릴 수가 없었다. 눈도 핑글핑글 돌았다. 무시무시하게 독한 꿀밤이다.

"너흰 당최 왜 맨날 그리 시끄럽니? 이유를 알 수가 없네."

인상 좋은 할아버지였는데 주름살이 엄청나서 나이가 굉장히 들어 보인다. 소왕무가 눈물을 짜면서 반항했다.

"아, 왜 때려요?"

"아우우! 무슨 할아버지 손이 이렇게 맵냐. 뭔 꿀밤이 초고수 급이네. 할아버지 도대체 뭐예요? 뭔데 사람을 때리냐고요!"

"나야 뭐, 불목하니지."

"……응?"

왠지 모르게 어디선가 한 번 겪은 듯한 말투와 상황이었다.

소왕무와 대팔은 눈물을 닦고 고개를 갸웃거리면서 노인을 쳐다보았다.

"어라? 할아버지 언제 나 본 적이 있던가요? 묘하게 낯이 익은데?"

"그때나 지금이나 머리가 참 나쁜 아이들이구나. 기억나게 해 주련?"

불목하니 노인이 휙 하고 주먹을 쳐드는데, 소왕무와 대팔은 보고도 피하지 못했다.

따닥!

"아흑!"

소왕무와 대팔은 깨달았다. 속가제자 중에서 내로라하는 둘이 피할 수 없는 불목하니의 꿀밤은 한 명밖에 없다.

소왕무가 외쳤다.

"건이가 춘약에 중독되었을 때 만난 할아버지!"

따닥!

"이놈아, 그게 뭐 좋은 일이라고 크게 떠들어?"

대팔이 눈물을 줄줄 흘리며 머리를 붙들고 항변했다.

"전 왜 때려요!"

"친구인 니가 말렸어야지."

"쟤 제 친구 아니거든요?"

소왕무와 대팔은 구시렁거리면서 불목하니 노인, 문원의 눈치를 살폈다.

"아니, 근데 할아버지는 왜 일은 안 하시고 여기 와서 우릴 때리시는 거예요?"

"건이가 원호 대사님하고 비무한다고 하는데 이런 재미난 일을 놓칠 수가 있나. 그래서 신 나게 구경하고 있었는데, 너

네가 너무 시끄럽게 굴어서 관람에 방해가 되잖니."

"저희가 먼저 왔거든요?"

"난 너희가 오기 한참 전부터 요기 쪼그리고 앉아 있었거든? 너희가 나중에 와서 내 옆에 앉은 거지."

소왕무와 대팔은 말도 안 된다며 투덜거렸다.

"진짜야. 하도 재밌어서 그냥 모른 척 보고 있으려 했는데, 너희가 너무 시끄러워서 아는 척한 거야."

"거짓말하지 마세요. 솔직히 저희가 봐도 재밌진 않거든요?"

"난 재밌는데?"

"뭐가 재밌는데요?"

"이제 곧 건이 녀석이 혼쭐이 나겠구나…… 해서 재밌는데?"

"으엥?"

소왕무와 대팔이 서로를 마주 보았다. 그러고는 크게 웃었다.

"푸하하하! 건이가 진대!"

"그냥 저희가 말을 말게요."

문원이 장난꾸러기처럼 얼굴을 디밀고 히히 웃으며 말했다.

"진짜라니까?"

"그럼 원호 사백님이 이기실 거라고요?"

"응."

"아, 눈이 있으면 좀 보세요. 건이는 가만히 있고 원호 사백님 혼자서 막 난리 나셨잖아요. 그런데 이기신다고요?"

소왕무가 뒤이어 말했다.

"저희는요, 왜 원호 사백님께서 일부러 곤란을 자초하시는지 모르겠거든요. 아니, 막말로 내일이면 방장 스님이 되실 건데, 속가제자한테 지면 얼마나 창피하겠냐고요. 사백님만 창피한 게 아니라 우리 소림이 창피한 거잖아요."

문원이 고개를 갸웃거렸다.

"너희는 참 이상하구나. 만약에 원호 대사님이 진다 해도 소림에서 원호 대사님을 이길 만한 인재가 나온 거니까 전혀 부끄러운 일이 아니지."

"어, 그런가?"

대팔이 순간 납득을 해 버리자 소왕무가 혀를 차며 말했다.

"아무튼 저는 건이가 원호 사백님과의 비무에서 이기고 나면, 당장 검성을 데려다가 건이랑 붙여야 된다고 생각해요. 그래서 지난번 소림에서 일으킨 혈겁의 대가를 치러야 한다고 봐요."

"당연하지!"

대팔이 맞장구를 쳤다.

문원은 어이가 없다는 얼굴로 소왕무와 대팔을 보았다.

"검성이 지겠냐?"

대팔이 자신있게 말했다.

"아니, 그럼. 보이지도 않는 장풍을 막 날리는데 검성이라고 대수예요? 걱정 마세요. 제가 당해 봐서 아는데 건이가 그냥 쓱 하면 검성도 쓱 하고 자빠질걸요."

문원이 한심하다는 듯이 주먹을 치켜들었다.

"에라이! 쓱쓱 좋아하네."

따닥!

"악! 또 왜 때려요!"

"검성이 네 친구냐? 어디 가서 그런 소리 잘못하면 다진 고깃덩이 되는 거 순식간이야. 너는 보니까 딱히 육질도 별로 안 좋아 보이고 애도 상한 거 같은데 그냥 목숨이나 아끼고 살어."

"제가 목숨이 아까워서 할 말을 못 할 거 같으세요?"

"이놈아, 개죽음이 달리 개죽음인 줄 알아? 너는 모르겠는데 건이는 무슨 잘못이니?"

"네? 건이가 왜요."

"건이더러 검성이랑 싸우고 죽으라며."

"건이가 져야 죽는 거죠."

"원호 대사님한테도 질 거라니까?"

소왕무와 대팔은 조금도 믿지 못하겠다는 표정으로 외쳤다.

"아니, 그러니까 건이가 아무것도 안 하는데도 펑펑 터지고 난리도 아닌데 어떻게 원호 사백님이 이기시냐니까요!"

"아…… 진짜 이런 말하긴 좀 그런데, 막말로 우내십존하고도 정면으로 붙는 건이를 원호 사백님이 어떻게 이겨요?"

따닥!

"으이구, 멍청한 녀석들아. 저건 건이가 대단한 게 아니라 원호가 대단한 거, 아니, 원호 대사님이. 그리고 건이는 예전보다 훨씬 약해졌어. 동급 실력엔 더 강해졌겠지만, 고수를 상대로는 훠어어얼씬 더 약해졌다구. 니들이 그걸 알아?"

"네에?"

소왕무와 대팔은 황당하다는 표정으로 문원을 째려보았다.

제7장

비은의 의미

원호도 적잖이 놀란 게 사실이었다.

장건은 아무것도 하지 않았고, 아무것도 보이지 않았다. 그런데도 어지간한 내가 고수가 쏘아 낸 장풍과 같은 위력의 공격이 들어왔다. 공격까지의 시간도 굉장히 짧았다.

강호에서 내로라하는 중견 고수들이라 하더라도 장건의 이 수법을 막아 내기는 쉽지 않을 것으로 보였다. 이미 무진이 꼼짝없이 당한 것만으로도 그것을 증명하고도 남는다.

직설적으로 말해서 무진의 언질이 없었다면 원호도 한두 대 정도는 얻어맞았을지 모른다.

"하지만 거기까지다."

원호가 왠지 모를 씁쓸한 투로 장건에게 말했다.

"혹시나 네가 할 수 있는 최선이 지금 이것이고 또 앞으로 갈 길이 여기에 있다고 생각한다면, 그건 매우 잘못된 생각이라고 말해 주고 싶구나."

원호도 그제야 깨달았다.

어째서 굉운이 장건과의 비무를 추천하였는가.

그건 원호가 당연히 장건을 이길 수 있을 거라 생각해서가 아니다.

거기에 원호가 보아야 할 것이 있기 때문이었다.

장건이 알아야 할 것이 있기 때문이었다.

장건은 영문을 모르겠다는 듯 원호를 쳐다보았다. 기의 가닥이 왜 잘못되었다는 것인지는 알 수 없었다.

오히려 좀 더 기의 가닥을 잘 다룰 수 있게 되면 공명검으로 갈 수 있게 되는 게 아닐까, 하는 생각도 했었던 것이다.

그러니 장건은 원호의 말을 쉽사리 받아들일 수가 없었다.

"어째서요?"

"설명을 한다고 알아듣겠느냐? 머리에 혹 두 개는 더 달아야 깨달을 것이다."

원호가 손짓을 했다.

장건은 기의 가닥으로 정수리를 문질렀다. 손으로 만진 것과 똑같이 혹이 난 데를 만졌더니 아프다.

장건의 눈에서 슬슬 오기가 올라오기 시작했다. 아니, 단순한 오기만은 아니다. 자신이 가진 무공에 대한 확신을 얻고 싶은 마음도 있었다.

그 확신이라는 게 꼭 '강하다'는 의미가 아니다.

장건이 자신의 무공에 대해 가지고 있는 의문, 궁금증, 그런 것을 모두 포함한 것이다.

장건은 기의 가닥을 이용하는 것이 자신이 할 수 있는 최고라 생각한다. 기의 가닥을 이용하면 물건을 집고 움직이고를 모두 할 수 있었다. 전혀 몸을 움직이지 않고도 말이다. 그러니 아무리 남들이 뭐라고 하더라도 장건의 입장에서는 이만한 무공이 없는 것이다.

그런데 몇 가지 의문이 남아 있다.

기의 가닥을 쓰는 게 최고의 무공이라면 어째서 술에 취했을 때에는 직접 몸을 움직이는 게 편했는가. 술에서 깨고 난 후에 의식적, 무의식적으로 자꾸만 몸을 움직이고 있는가. 마해 곽모수는 어떻게 기의 가닥을 단 한 수로 무력화시킬 수 있었는가.

'뭐가 잘못된 거지?'

원호가 자신 있게 말하는 것으로 보아 무언가 잘못된 것이 확실하다.

그렇다면 확인할 수 있는 방법은 단 한 가지뿐이다.

직접 부딪쳐 보는 것.

장건은 좀 더 공력을 끌어 올려야겠다고 생각했다. 평소에는 거의 공력을 끌어 올리지 않아도 기의 가닥을 이용할 수 있었다. 하지만 원호를 상대로라면 적은 공력으로 대항하기는 어렵다는 판단이 든 것이다.

일단 원호의 위기가 만만치 않아 보였다. 원호의 위기는 전신에 고루 퍼진 형태로 둘러져 있고, 그 위 혈도를 따라 또 하나의 잿빛 덩어리가 도는 형태다.

위기라는 것 자체가 몸을 지키고 보호하는 기운이다. 정순한 내공만큼이나 강건한 외가 공부를 익히는 소림 무공의 특성상 몸이 굉장히 튼튼하다. 그것은 그만큼 위기의 강도가 높다는 뜻이다.

원호의 위기는 선명하고 짙다. 한눈에 보기에도 매우 단단해 보인다.

아마 그 위기를 깨뜨리려면 상당한 힘이 필요할 터였다. 한 번에 위기의 덩어리를 깨뜨리긴 어렵고 여러 번 연속으로 가격해야 할 것 같다.

"후욱."

장건이 공력을 끌어 올리면서 머리카락이 곤두서고 옷이 부풀어 오르기 시작한다. 보는 사람들이 비무에 저 정도의 힘을 쓸 필요가 있나 걱정할 정도다.

장건은 오래 기다리지 않았다. 이때다, 싶은 순간 기의 가닥을 모아 주먹질하듯 원호를 향해 날렸다.

목표는 원호의 위기.

가슴팍 즈음을 위기의 덩어리가 지나고 있다.

쉬이익!

날카로운 바람 소리와 함께 기의 가닥이 원호에게 날아드는데 원호는 이번엔 가만히 목검을 내리고 지켜만 볼 뿐이다. 그러다가 갑자기 발로 바닥을 걷어찬다.

팍!

언제 연무장 바닥의 박석(薄石)을 걷어 놨는지, 맨바닥의 황토색 흙모래가 허공으로 뿌려진다. 원호의 전면을 뿌연 장막처럼 가린다.

흙먼지를 뿌린다고 장풍 자체를 직접 볼 수 있는 건 아니다. 그러나 장풍이나 경력이 일으키는 바람의 길은 볼 수 있다.

파파팟!

흙먼지를 좌우로 헤치고 둥그런 기둥 같은 형태의 것들이 원호의 가슴으로 날아든다.

완벽하게 경로와 목표까지 파악한 뒤 원호는 슬쩍 웃었다. 마치 다 포기한 사람처럼 허탈한 웃음이었다. 그러더니 수비 동작을 취하지 않았다.

장건은 움찔했다. 위기를 깨뜨린다고 크게 다치거나 하진 않겠지만 상당한 힘을 가한지라 잘못될까 걱정이 되긴 했다. 원호가 아예 무저항에 무방비로 있을 줄은 몰랐던 것이다.

자기도 모르게 주저하는 마음이 생기자 기의 가닥에서 이푼의 힘이 빠져 버린다.

비은의 의미

그 때문이었을까?

원호는 그냥 그대로 장건의 공격을 가슴으로 받아 냈다.

지켜보던 승려들이 모두 외마디 비명을 질러 냈다. 그들의 눈에도 흙먼지를 뚫고 날아가는 장풍의 경로가 그대로 보였다.

"앗! 사백님!"

"사형!"

터터터텅!

속이 빈 고목나무를 북채로 두드리는 소리가 크게 울렸다. 원호의 몸이 흔들리면서 크게 휘청거린다.

적잖은 충격을 받은 듯 눈 밑이 금세 어두워진다.

그러나 이내 원호는 오른발을 들어서 힘껏 진각을 밟았다.

쿠—웅.

연무장에 깔린 박석들이 죄다 들썩일 정도의 강한 진각!

완벽하게 몸의 중심을 되찾은 원호가 쏜살처럼 뛰어나와 장건의 머리통을 후려쳤다.

장건은 그것을 뻔히 보면서도 피할 수가 없었다. 어떻게 위기를 맞고도 멀쩡하게 움직일 수 있지? 하는 생각이 복잡하게 든 탓에 기의 가닥을 회수해서 막을 수도 없었다.

아니, 막으려고 했지만 '어떻게?'라는 생각이 자꾸만 들면서 기의 가닥을 조종하는 데 집중이 되지 않았다.

결국.

따악!

세 번째로 정수리에 불이 붙었다.

"으악!"

장건은 눈물이 봇물 터지듯 왈칵 쏟아져 나왔다. 혹이 난 데에 또 혹이 나고 그 위를 또 맞은 고통은 이루 말할 수가 없었다.

"으으으으……."

머리를 부여잡고 가랑이 사이에 파묻은 채 눈물을 줄줄 흘리는 장건이었다. 벼락을 맞은 것처럼 전신이 찌릿거리고 혀끝이 아렸다.

그리고 원호는 그 광경을 내려다보며 껄껄 웃는다.

"아직도 모르겠는 모양이구나? 아아, 왜 이렇게 속이 후련하지?"

거짓말이 아니라 정말로 속이 뻥 뚫린 것처럼 상쾌하기 그지없었다.

하지만 피해자인 장건은 눈물을 훔치면서 원망스럽게 원호를 올려다보고 있었다.

"이건 사기예요!"

"뭐가 말이냐?"

"포기하신 것처럼 무방비로 그냥 계시니까 제가 놀라서 힘을 조절하지 못했다구요!"

"그거야 네 사정이지. 누가 너더러 봐 달라 했더냐? 행여 앞으로는 그런 부질없는 생각 같은 건 하지도 말거라. 이게 목검이 아니었다면 너는 분명 이 세상 사람이 아닐 거다."

원호의 말은 틀리지 않았지만 장건은 왠지 분했다. 원호는 분명히 일부러 그런 것이 틀림없었다.

워낙 강호에서 산전수전 다 겪은 원호다. 표정 하나로 어수룩한 장건을 가볍게 속여 넘기는 건 일도 아니었다.

원호 나름대로 하나의 가르침인 셈이었다.

"아직 모자라구나. 그래서야 한 대 더 맞아도 알까 모르겠어."

이젠 장건의 얼굴에도 완연한 독기가 어렸다.

"이젠 진짜 절 원망하지 마세요."

장건은 쭈그리고 앉은 채 뒤로 미끄러지듯 물러났다. 앉아서 나한보는 장건의 주특기다.

눈 깜짝할 사이에 대여섯 걸음을 떨어진 장건이 온 기력을 다해 기의 가닥에 힘을 불어 넣었다.

푸학!

기의 가닥에 팽팽하게 힘이 들어찬다. 장건은 기의 가닥 넷을 꼬아서 둘로 만들었다.

금방이라도 비틀림이 풀리며 튀어 나갈 것 같은 가닥을 또다시 꼬아 하나로 만들었다. 회전력이 최대로 늘어나니 위력이 그만큼 높아지며 공력이 압축되고 있다.

장건의 발밑에서부터 나선형의 회오리가 솟구치고, 옷과

머리칼이 마구 휘날린다. 장건 스스로도 이만한 공력을 마음껏 끌어내는 데에 걱정이 될 지경이었다.

"조오오오금 다치시더라도 그거 진짜 제 책임 아니에요!"

그런 말을 하는데도 원호는 여유만만이다.

"마음대로 하려무나."

일반 제자들 틈에 섞여서 비무를 지켜보던 원주들조차 걱정스러운 말을 내뱉었다.

"이건 너무 과한데……."

"말려야 하는 것 아닌가?"

"하지만 말리기에는 원호 사형의 표정이 너무……."

원호의 표정이 너무 여유만만했다.

흙먼지를 마구 휘날리며 끝까지 기의 가닥을 비틀던 장건이 폭발하기 직전까지 버티다가, 마침내 기의 가닥을 자유롭게 풀어 주었다. 기의 가닥은 날뛰는 말처럼 무시무시한 위용으로 원호를 덮쳐 갔다.

콰우우우우!

* * *

장건은 몽롱하게 깨어났다.

깜박…… 깜박…….

눈은 떴는데 제대로 뜰 수가 없었다. 새하얀 빛을 잔뜩 뿌리는 태양이 정면으로 눈에 들어왔다.

"끙······."

눈을 감고 몸을 일으키는데 머리가 띵했다. 어쩔해서 어떻게 일어나 앉았는지도 모를 지경이었다.

떠지지 않는 눈을 겨우 뜨고 주위를 보니 그 많던 사람들이 전부 자리를 떠나고 있었다. 이제 막 자리를 뜨는 사람들도 있는 걸 보니 그리 오래 기절하지는 않았던 모양이었다.

연무장에는 금세 장건과 원호만 덩그러니 남게 되었다. 장건은 일어나서 몸을 가볍게 흔들어서 옷에 묻은 흙을 털어냈다.

"어떻게 된 거죠?"

"기억이 안 나느냐?"

목검을 챙긴 원호가 목검으로 발을 툭툭 쳐 흙을 털면서 되물었다.

"기억이······."

장건은 띵한 머리를 한 번 좌우로 흔들고 방금 있었던 일을 떠올렸다.

어렴풋이 기의 가닥을 원호를 향해 힘껏 날린 것부터 기억이 난다. 장건이 스스로 느끼기에도 어마어마한 위력이 담긴 공격이었다.

이어 원호가 곧장 장건을 향해 쇄도했다. 정면으로 마주친다고 해서 딱히 방법이 있을 거라 생각되진 않았으나 장건은 마음을 굳게 먹고 공격을 멈추지 않았다.

원호는 양팔을 앞으로 교차해서 몸을 방어하는 식으로 달려들고 있다가, 팔을 크게 내저으며 돌연 사자후를 질렀다.

원호가 내지른 그것은 귀청이 떨어져 나갈 듯한 직접적인 소리가 아니라 하나의 거대한 파동이었다.

거대한 파동이 다가와 장건에게 부딪치고 가슴에서 작은 원을 만든다. 작은 원이 좀 더 큰 원을 낳고, 그 원이 다시 더 큰 원을 낳으며 진동이 팔다리의 끝까지 울리면서 퍼져 나간다.

둥— 두웅— 둥…….

거대한 종 안에 들어가 타종을 경험하는 듯한 기묘한 느낌이었다. 심장이 떨려서 벅찬 감동이 밀려오는 듯한 그런 착각을 들게 하는 느낌이었다.

하지만 파동이 만들어 낸 파장은 결코 작지 않았다.

한순간에 힘이 확 풀려 버리면서 기의 가닥들이 흐물거리기 시작했다. 단단한 엿이 녹아서 흐느적거리는 것처럼 기운을 잃었다.

'어어?'

장건이 어찌할 새도 없이 기의 가닥들은 후두둑거리면서 갑작스런 우박처럼 쏟아지고 흩어져 버린다.

단순히 제어를 잃은 정도가 아니라 완전히 기의 가닥들이 사라진 것이다. 마해 곽모수가 한 것과 어딘가 모르게 닮았다. 더 이상 장건이 할 수 있는 게 없었다.

원호가 내려치는 목검을 보면서 피해야 한다고 생각은 했지만 피해지지도 않았다. 덩굴이 몸을 얽어맨 것처럼 꼼짝도 하지 않았다.

그리고 장건은 빡! 소리와 함께 별을 보았다…….

이것이 장건이 기절을 하게 된 이유였다.

장건은 정수리를 매만지며 침울한 표정을 지었다. 무시무시한 혹이 매달려 있었다.

아픈 것도 아픈 거지만 어딘가 모르게 허무했다. 뭔가 대단한 걸 이루어 냈다고 생각했는데 그냥 허탈하게 스러진 기분이었다.

"기억나네요. 그래서 제가 쓰러지는 걸 보고 다들 일하러 돌아가는 거군요."

"그래, 그럼 이제 네가 뭘 모르고 있는지 깨달았느냐?"

장건은 원호를 보고 시무룩하게 고개를 저었다.

"아뇨."

"쯧쯧쯧. 이젠 때릴 데도 없으니…… 할 수 없지."

원호가 연무장 한편을 쳐다보았다. 물이 담긴 커다란 항아리들이 줄지어 놓여 있다. 사람 한 명이 들어갈 수 있을 정도의 큰 항아리다.

"열 걸음 정도 되는군. 잘 보거라."

원호는 양손을 내린 채 심호흡을 했다. 비스듬히 선 채 공력을 끌어 올리며 오른손을 그대로 들어 올린 후, 손바닥을 펼쳤다.

부—웅— 하고 바람 소리가 나며 장력이 쏘아진다. 그리 빠르지도 않고 위력도 강해 보이지 않는 평범한 장풍이다.

텅!

항아리 하나가 장력을 얻어맞고 기우뚱거렸다. 물이 출렁거리면서 조금 튀었을 뿐이다.

그런데 돌연, 그 옆에 있는 항아리가 요동을 치며 크게 물이 치솟았다.

촤악!

한 자도 넘게 솟아오른 물이 거꾸로 쏟아진다. 족히 항아리에 담겨 있던 물의 반은 날려 버린 듯하다. 바닥이 금세 흥건하게 젖는다.

"어?"

장건은 눈을 동그랗게 떴다.

오른손으로 일장을 날렸는데 두 개의 항아리가 타격을 받았다. 그것도 방향이 다른 쪽에서 더 큰 폭발을 일으켰다.

장건에게 하라고 하면 못 할 건 아니지만, '저게 그렇게 쉽게 할 수 있는 거였나?' 하는 생각이 든다.

'아! 안법을 쓰고 있을걸.'

아쉽게도 안법을 쓰지 않았기 때문에 장건은 원호가 어떻게 했는지 알 길이 없었다.

기를 느끼는 데도 일가견이 있는 장건이지만 원호가 어떻게 저런 수법을 썼는지 설명할 수가 없었다. 장건이 느낀 장력은 단 일 회였다. 그런데 두 개의 충돌 결과가 나타났다.

그 중간에 약간의 거슬리는 느낌이 있긴 했으나, 그건 쌀 한 가마를 엎어 놓고 그중에서 좁쌀 한 알갱이를 찾아내는 정도의 약한 위화감이었다.

장건은 원호를 쳐다보았다. 보라고 해서 봤으니 설명을 해 달라는 눈빛으로 조르는 것이다.

원호가 그 눈빛에 저도 모르게 웃을 뻔했다가 억지로 표정을 굳혔다.

"지난번 검성의 일 때문에 들어는 봤을 것이다. 은풍장이다. 네가 한 것과는 조금 다를지 모르나, 이런 수법은 강호에 얼마든지 있다."

"……."

"알아들었느냐?"

"네?"

"알아들었느냐고 물었다."

"별…… 말씀 안 하셨잖아요."

"똑바로 대답하지 못할까!"

갑작스런 호통에 깜짝 놀라 장건이 되물었다.

"무슨 대답을요?"

장건은 대답을 강요하는 듯한 이상한 기분이 들어서 원호를 쳐다보았다. 괴이쩍게도 원호는 공력을 끌어 올린 것 같지 않았는데 공기 중에서 기의 움직임이 있었다.

매우 약하지만 분명 기파가 느껴진다!

장건이 급히 왼발을 뒤로 빼자, 그 자리에서 팍! 하고 흙먼지가 치솟았다.

"어?"

웬 기습이냐고 묻기보다, 어떻게 이렇게 은밀한 수법이 있는지 먼저 물어야 할까?

장건이 발밑에서부터 시선을 쭉 올려 보니 원호는 한 손을 승복 자락으로 감추고 있다. 아마도 그 손으로 지력이나 장력을 날린 것 같았다.

"너처럼 아무런 준비 동작 없이 하는 건 쉽지 않은 일이라도, 그보다 더 위협적인 수법은 많이 있다. 고수들에겐 다른 어떤 것보다 잠깐 주의를 놓치는 그 순간이 가장 위험한 법이다."

원호의 가려진 승포 자락이 흔들린다. 아니, 그것은 흔들리는 것도 아니었다. 승포 자락의 주름이 슬쩍 달라졌을 따름이었다. 눈치채기도 힘든 변화였다.

"네 수법은 어느 정도의 무인에게까지는 완벽하게 통할 것이다. 그러나 네가 앞으로 자주 만나게 될 일정 수준을 넘어선 무인에게는 통하지 않는다. 왜 그럴까?"

원호는 아무렇지 않게 말을 하고 있었으나 장건은 다시 반 보를 물러섰다.

팍!

장건이 방금까지 밟고 있던 박석에 금이 가며 돌가루가 튀었다. 이번에도 아주 약한 기파만이 느껴졌을 뿐이었다. 그것도 주의를 기울이지 않으면 대부분 지나치고 말 정도로.

"기척 없이 공격하는 수법은 지금 내가 보여 준 이것들보다도 무수히 많다. 개중에는 지극히 내밀하게 공력을 운용하여 겉으로 드러나지 않는 수법도 있다. 웃으면서 은밀한 살수를 쓰는 것쯤 대수가 아니라는 뜻이다."

원호가 말을 하며 장건을 보았다.

"그러나 너의 그 수법은 그저 보이지만 않을 뿐이다. 공격의 순간은 물론이고 기척까지도 모두 드러나서, 심지어 네가 그 수법을 쓴다는 것만 알면 아까처럼 몸의 어느 부분으로든 받아 흘려 낼 수도 있다."

"아!"

상대의 공격을 받아서 충격을 흘리는 수법은 태극권에만 있는 것이 아니다. 태극권이 그에 특화된 무공일 뿐이다. 정확한 타격 지점을 비껴 내는 것만으로 충격을 십분지 일 이하로도 줄일 수 있다.

원호는 그런 수법으로 장건의 공격을 가슴으로 비껴 낸 것이다. 하지만 이내 약간 멋쩍게 웃는 원호였다.

"물론 전혀 생각 외의 지점에 공격이 들어와서 두 번째까지는 충격을 꽤 받긴 했다만. 자, 그럼 아무튼 생각을 해 보자."

원호가 천천히 걸으면서 혼잣말을 하듯 질문을 던진다.

"그렇다면 네가 아는 고수들은 왜 이런 수법을 쓰고 있지 않을까. 은밀하게 상대를 공격할 수 있는 이런 좋은 수법들을 왜 대다수가 쓰고 있지 않을까?"

장건은 왜 그런지 생각하려다가 원호가 또 몰래 공격을 할 것 같아서 화들짝 놀랐다.

아니나 다를까. 감각을 최대한 깨우고 있어서 그런지 느릿하게 뭔가가 다가오는 걸 확실히 느낄 수 있었다.

장건은 공격을 피해 냈고, 애먼 바닥의 박석은 다시 한 번 신음을 질렀다.

원호가 소매를 떨치고서는 보란 듯 말했다.

"수천 년의 무림 역사에서 수많은 괴공과 사공이 강호를 어지럽히곤 하였다. 사람의 피를 매개로 한 주술적인 힘이 담긴 무공 같은 온갖 패악한 사공들이 다 있었다."

장건은 생각만 해도 끔찍해져서 '으······.' 하고 얼굴 표정을 찡그렸다.

원호가 말을 이어 갔다.

"그런 패악한 사공들이 정말로 최고였다면 지금 강호 무림

비은의 의미 269

에는 그런 것들이 횡행해야 할 것이다. 그런데 그렇지가 않단 말이지. 잘못된 길을 걷는 사마외도의 무공은 그저 한때 반짝하고 말뿐이었다."

장건은 호기심이 발동했다.

"그건 또 왜 그런가요? 아까 말씀하신 은밀한 수법들을 쓰고 있지 않은 것과 같은 이유인가요?"

원호는 손바닥을 위로 하여 천천히 들어 올렸다. 단전을 열고 가볍게 불호를 외니 서서히 손바닥에 빛이 감돌기 시작한다. 단전에 머물던 순수한 내공이 뿜어져 나와 찬연한 빛을 낸다.

원호가 감정에 젖은 눈으로 빛을 바라보며 입을 떼었다.

"수천 년 무림의 역사는 그냥 써진 것이 아니란다. 내가 코흘리개 꼬마 때부터 하루도 쉬지 않고 연마해 온 이 역근경조차 소림의 역사만큼의 깊이가 쌓이고 또 쌓여서 지금에 이른 것이다. 그냥 단순히 전해 내려온 것이 아니라, 수백 수천 번의 시행착오와 개선을 거치며 갈고 다듬어져 내게까지 닿은 것이다."

장건은 대부분의 무공을 스스로 익혔다. 남에게 배운 것도 있지만 혼자서 골몰하고 연습하여 이뤄 낸 경우가 많았다. 당연히 사미(沙彌)일 때부터 체계적으로 무학을 배운 원호가 느끼는 감정만큼 장건이 느끼는 건 무리다.

하지만 그럼에도 불구하고 장건은 원호의 감정에 어느 정도 동조가 되고 있었다. 그건 어쩌면 장건의 몸에 깃든 굉목의 내공 탓일지도 몰랐다. 아니면 단순히 원호에게 가르침을 받는 게 아니라, 소림의 무학을 전수받고 있다는 소속감에 감정이 복받친 때문인지도 몰랐다.

원호가 얘기를 계속했다.

"수천 년 무림의 역사…… 많은 사람들이 더 강해지기를 원했고, 더 강한 무공을 만들어 냈다. 그리하여 작금에 이르러 결국 살아남은 것은 사도가 아니라 정도다. 이것이 무엇을 의미하겠느냐?"

장건은 점점 머릿속이 개운해지는 것을 깨달았다.

"정도의 가르침이 옳았기 때문이겠군요!"

그런데 말을 하고 보니 의문이 생겼다. 궁금한 게 생기면 알아봐야 직성이 풀리는 장건이라, 방금 감탄을 해 놓고도 금방 또 물었다.

"하지만 정도와 사도는 어떻게 다른 건지 잘 모르겠어요. 사(邪)라는 것이 나쁜 것이라는 건 알겠구요. 사람 피를 으…… 막 그렇게 해괴한 것도 나쁜 거니까 그게 사도라는 것도 알겠는데요. 정도는 무엇인가요?"

원호는 장건을 바라보며 어쩔 수 없이 흐뭇한 미소를 지었다. 그러나 참으로 씁쓸한 것도 사실이다. 아무런 관념도 정립되지 않은 아이에게 닥친 그 수많은 일들은 얼마나 아이를 힘들게 만들었을까.

비은의 의미 271

그 생각만 하면 원호는, 아니, 소림은 장건에게 미안할 뿐인 것이다. 원호는 잠깐 눈을 감았다가 말했다.

"정도는 올바른 것이다."

장건이 혹을 만지면서 입을 삐죽 내밀었다.

"그런 건 저도 아는데요."

원호가 웃으면서 한마디를 더했다.

"사도는 치우친 것이다."

그제야 장건이 '어?' 하면서 감을 잡는 듯한 표정을 지었다. 원호가 맑은 목소리로 말했다.

"도(道)는 변화무쌍하다. 어느 것이 도의 형체인가 물으면, 도는 물과 같아서 천변만변(千變萬變)하는 것이라 답한다. 높은 곳에서 낮은 곳으로 향하고 바위가 막으면 허리를 돌아가며, 둑이 있으면 잠시 멈추기를 주저하지 않는다. 맑고 흐린 것을 가리지 않으며 스스로 가득 차려 하지 않는다. 이것이 도이고, 도의 근본을 추구하는 것이 정도라 할 수 있다."

장건은 잠시 생각에 빠졌다. 원호는 장건이 충분히 생각할 시간을 기다려 준다. 스스로 해답을 갈구하는 모습이 기특하기 짝이 없다.

'어떻게 이런 귀여운 녀석을 이제껏 몰라봤던가. 내 눈이 썩어 빠진 동태눈이라고 해도 할 말이 없겠구나.'

갑자기 뒤늦게 제자를 받아들이고 싶은 마음이 굴뚝같아진 원호다. 장건이 아니더라도 장건과 비슷한 녀석을 받아들이고 싶다. 왜 이렇게 뒤늦게 그런 마음이 드는지 아쉬울 뿐이다.

원호는 조그맣게 한숨을 내쉬었다.

보면 볼수록 탐이 나는 녀석이다. 그러니까 이놈 저놈…… 아니, 이 우내십존 저 우내십존이 다 숟가락을 얹었던 것이다. 오죽하면 홍오도 대번에 장건의 가치를 알아보고 문각의 유언을 어기면서까지 장건을 가르치고 싶어 했으니까.

이런 옥석을 알아보지 못한 원호 스스로의 안목과 안이한 감정적 대처에 문제가 있을 따름이다.

'이제는 제자를 거두고 싶어도 거둘 수가 없게 되었으니…… 정말로 안타깝구나.'

무림에서의 배분은 무척이나 중요하다.

다른 곳도 아니고 강호 배분의 기준이 되는 소림에서는 더욱 엄격하게 배분을 관리해야 한다. 하물며 원호는 은퇴하는 굉 자 배를 빼고 내일이면 소림의 최고 존장이 된다. 더 제자를 받기 어려워진다.

이러한 배분 문제 때문에 한번 때를 놓치면, 특히나 아끼던 제자들이 불의의 사고로 명을 달리한다거나 하면, 의발전인은 고사하고 다시 적전제자를 받아들이는 것도 쉽지 않다.

무엇보다 자식과도 같은 제자를 잃은 충격으로 새로운 제자를 받는 일이 쉽지 않다는 이도 몇몇 있었다…….

원호는 탄식하다가 문득 어떤 생각에 눈을 치켜떴다.

'가만? 배분?'

배분이란 단어가 어떠한 문의 열쇠가 될 거라는 착각이라도 든 듯하다.

하지만 그것이 어디까지의 결론에 채 이르기도 전에, 장건이 손뼉을 치며 외치는 바람에 원호는 아쉽게도 사고를 멈추어야 했다.

"아! 알았어요!"

원호는 살짝 고개를 흔들어 상념을 털고는 장건에게 시선을 주었다.

"무얼 알았느냐?"

장건은 어쩐지 찜찜한 얼굴로 대답했다.

"설마 무공에서의 도는 자연스러운 것인가요? 그게 정도인가요?"

장건이 찜찜한 건 '자연스럽다.'를 입에 달고 다니는 오황 때문이다. 원호도 그걸 알고 있기에 하마터면 폭소할 뻔했다.

웃음을 겨우 참아 낸 원호가 말했다.

"무공의 도는 자연스러운 것이다. 자연스러워 한쪽으로 치우침이 없는 것이다. 사람이 천지와의 조화를 추구하는 것이다. 그게 무공에서의 도다."

오황이 정도라는 건지 아닌지 그 말만으로는 이해할 수 없었다.

장건이 고개를 갸우뚱하며 질문했다.

"저는 무공이 스스로를 보호하고 지키기 위해 만들어졌다고 배웠는데요."

"하나의 존재로서 살아남고자 하는 것도 자연에서의 도리이며 천지의 조화를 따르는 일이니라."

"그럼요, 이런 경우엔 어떤 게 정도인가요? 전 늘 그런 생각이 들었어요. 내가 나를 지키기 위해서 남을 다치게 하는 건 옳지 않은 일인데, 그럴 수밖에 없는 상황이 오면 어떻게 해야 하나 하구요."

"다른 예를 들어 주마. 강호에서는 크게 개의치 않는 일이나, 민간에서는 남녀 간에 물건을 주고받을 때에도 손이 닿지 않도록 하는 것이 예의이며 정도이다. 그러나 형수가 물에 빠졌을 때에도 손이 닿으면 안 된다고, 손을 내밀어 구하지 않는 것이 정도이겠느냐?"

장건이 흠칫했다.

"당연히 구해야 하는 거 아닌가요? 하지만…… 그게 정도인지 아닌지는 모르겠어요."

"옛 성현께서 이를 두고 권도(權道)라고 하셨다. 권도란 변화무쌍한 도의 형태에서 궁극의 정도를 찾아가는 판단을 말하는 것이다. 궁극의 정도가 무엇이겠느냐. 당연히 사람을 구하는 게 아니겠느냐?"

"그러니까 그게 정도인지 아닌지 모르겠어요."

"정도는 사람을 구하는 것이고 형수를 구하는 것은 권도

다."

"어려워요."

"이 녀석아. 궁극의 도를 아무나 알게 된다면 누구나 성인이요, 누구나 부처라 불릴 거다. 그렇지 못하니까 이것저것 배우고, 때론 실수도 하며 권도로 찾아가는 게다. 형수가 천하의 악적일 수도 있고, 구할 때에 네가 죽게 될 수도 있다. 그러면 어느 쪽이 정도인지 알 수가 없게 되질 않느냐. 즉, 여러 가지 상황 속에서 권도를 통해 정도에 가까운 길을 찾아가는 게 우리 인간이라고 할 수 있는 것이다."

"우웅……."

"같은 의미로 너는 너도 모르는 사이에 권도를 통해 수많은 것을 고려하여 상대를 다치게 하거나 너를 보호하는 정도를 조절하고 있다고 할 수 있는 게지."

장건이 고개를 끄덕였다.

즉, 상대를 다치게 하거나 말거나 하는 것도 여러 가지 판단하에 이루어진다는 뜻이다.

'하긴 우내십존 할아버지들이나 보통 사람을 대할 때나 똑같이 다치게 하고 말고를 따질 순 없지. 우내십존 할아버지들은 내가 다치게 하고 말고 할 여지도 없으니까. 그게 권도라는 거구나…….'

무학이란 여러 이치에 닿아 있어서 단번에 이해하기는 어려웠다. 그러나 그것을 알아 가는 재미가 쏠쏠하다. 자신이 익힌 무공이 어떤 이치로 돌아가는지 설명한 사람이 있다는 것도 신기한 일이다. 그러니까 수천 년 무림의 역사 동안 무학이 쌓여 왔다는 원호의 말이 새삼스럽게 가슴에 와 닿는 중이다.

장건은 나름대로 지금까지 들은 원호의 말을 정리해 보았다.

'무공은 치우침이 없는 조화의 도를 추구하고 있으며, 사공은 사도를 따르기 때문에 정도를 이길 수 없다고 하셨지. 그렇다면…… 아까 사백님이 쓰신 은풍장이나 내가 쓰는 기의 가닥은 사도의 수법인가?'

장건이 불안한 얼굴로 원호를 쳐다보았다.

"그럼 제가 쓴 게 사공인가요?"

원호는 대답 대신 길게 설명을 했다.

"무공에서의 도는 조화라고 하였다. 그중 가장 으뜸은 정기신(精氣神)의 조화이다. 그를 위한 실체적인 수련 방법에서의 무공은 마음과 몸과 기의 조화로움을 우선으로 친다. 마음이 없으면 몸을 움직이는 데 게을러지고, 기를 다스리는 것을 허투루 하게 된다. 몸이 마음을 따르지 못하면 의욕만 앞서, 기가 성(盛)하여 몸을 해치게 된다. 기가 부족하면 마음에 불안이 생기고 몸이 약해지게 된다. 따라서 무공의 수련은 몸을 강건히 하고 정신을 수양하며 기를 다스리는 순서로 진행되어야만 한다. 이것이 이른바 정종의 무학이라 하는 것이

다."

 장건은 원호의 말을 되새기며 곱씹었다. 소왕무나 대팔 같은 속가제자들이 들었다면 지겨운 얘기라며 한 귀로 흘렸을지 몰라도, 지금 장건에게는 어느 것 하나 버릴 수 없는 조언들이었다.

 장건은 원호의 말에 자신을 비추어 보았다. 정기신은 너무 어려운 얘기지만 심신기(心身氣)는 충분히 이해 가능한 영역이었다.

 '나는 몸도 건강한 편이고 기도 잘 다루는 편이고 그렇지. 근데 마음은······.'

 갑자기 욱 하고 딱딱한 것이 가슴에 맺혔다.

 장건의 생각이 이상하다던 세 소녀의 모습이 떠오른 것이다. 특히 벼루 사건 이후로 그것이 더 심해졌다.

 그러니 장건은 스스로 아니라고 생각하지만, 마음이 남들처럼 평범하지 않다는 건 멀쩡하다고 생각하기도 어려운 것이다. 또 그렇게 생각하고 나니 건강하다던 '몸'도 좀 이상한 것 같다. 남들 다 평범하게 걷는 걸음도 못 걷는 게 정상은 아니지 않은가!

 장건은 가슴도 답답했지만 머리가 마구 복잡해졌다. 내가 틀렸나? 내가 잘못했나? 하는 생각이 음지의 고사리처럼 마구 머리를 디밀었다.

 장건이 울상을 짓고 원호를 쳐다보았다. 그 표정에 너무나 많은 것이 담겨 있었다. 그리고 그런 표정을 지었다는 것은 스스로 무언가를 깨달았다는 뜻이기도 했다.

"사백님, 저…… 하나도 조화롭지 않은 거 같아요! 남들이 저를 보고 정도를 찾으면 하나도 정도가 없을 거예요!"

장건이 이상한 건 매우 당연한 일이다! 원호도 장건만 보면 이상해 죽겠는데!

하지만 원호는 그렇게 대답하지 않았다. 적어도 원호는 장건이 원하는 대답을 해 줄 수 있는 정도의 수양을 닦은 이였다.

원호는 웃음을 참고 말했다.

"많은 사람들이 같은 생각을 하고 있다면 그게 정도일 가능성은 높지만, 그것이 꼭 정도라는 법은 없단다. 이를테면 우리 소림과 같은 불문에서는 오욕칠정을 멀리하여 마음을 비우는 것을 정도라 하지만, 그것이 다른 문파의 제자들에게 적용되는 것은 아니지 않겠느냐."

"그건 그러네요?"

"그렇지. 그래서 남들은 저러는데 나는 왜 그럴까, 하고 스스로를 자꾸 의심하며 자책하다 보면 마음에 병이 들어 더 나쁘게 되어 버리는 것이다."

장건이 한숨을 푹 내쉬었다.

"하면 어떻게 자기가 정도를 걷는지 알 수 있죠?"

보통의 경우엔 스승이 제자의 잘못을 바로잡아 준다는 말

비은의 의미 279

을 삼키고 원호가 말했다.

"말했잖느냐. 완벽한 조화를 논할 수 있다거나 그러한 조화를 행할 수 있는 이가 있다면 그런 사람은 이미 사람이 아니라 신선이나 부처일 것이라고. 사람은 늘 불완전하기에 늘 스스로에 대해 성찰하고 반성하며 완벽함을 추구하여 살 뿐이란다."

이번에도 명확한 대답은 아니다. 결국 기본의 문제로 돌아간다.

장건은 다소 실망하는 얼굴로 힘없이 대답했다.

"예에……."

"실망할 필요 없다. 권도에 비추어 마음을 바르게 갖고, 그 바른 마음이 올바른 도에 의해 실현되는지 생각해 보거라. 그중 어느 하나도 부족함이 없다 하면 그것이 조화로운 것이요, 정도라 할 수 있겠지."

원호가 지그시 장건을 응시하며 다시 말을 덧붙였다.

"그리고 본사의 무학에서는 그것을 비은이라 부른단다."

장건의 떨궈진 고개가 번쩍 치켜 들렸다. 그것이야말로 장건이 기다리던 말이 아닌가!

"비은!"

* * *

"그걸 비은이라고 해."

소왕무와 대팔은 멀뚱한 눈으로 불목하니 문원을 바라보았다.

"비은이요?"

"비은이 뭔데요?"

다들 떠나갈 때 아직까지도 담 위에 앉아 장건을 지켜보던 세 사람이었다. 사실은 아까부터 문원이 무공에 대해 얘기를 하고 있어서 자리를 뜨지 못하는 중이기도 했다.

"이그, 너넨 공부할 때 농땡이만 피웠니? 그거 처음 들어와서 배웠을 건데."

머리를 긁적이던 소왕무가 의심스러운 눈초리로 되물었다.

"설마 그 비은이 그 비은이래요? 그거 우리 들어온 후 얼마 안 돼서 배운 건데."

"그 비은이 다른 비은이 어디 있어. 비은이 그 비은 하나뿐이야."

대팔이가 갸웃갸웃거렸다. 들어 본 거 같기는 한데 오래돼서 기억이 잘 안 나는 모양이었다.

"아마 너흰 이렇게 배웠을 거야. 부자의 곳간에 만 가지 일과 만 가지 재화가 들어 있어 씀씀이에 모자람이 없는 것이 비(費)요, 씀에 필요한 재화가 곳간에 감추어져 있으니 이것이 은(隱)이라."

"아아, 이제 기억나네요."

대팔이 맞장구를 치자 소왕무가 눈을 흘겼다.

"너 그거 사형들이 강의할 때 졸다가 나가서 벌섰거덩?"

"그런가? 으헤헤헤. 어차피 나는 그걸 들으나 마나라서."

문원이 쩝 하고 입맛을 다셨다.

"그래, 나도 그거 처음 들을 땐 이해를 못 했어. 원래 기본이라는 게 가장 쉬우면서도 난해한 거야. 배우긴 일찍 배웠지만 나중에 한 육십쯤 되면 그때나 '아하, 그게 그 얘기였구나.' 하는 게 비은이야."

"……근데 그걸 뭐하러 지금 저희한테 가르쳐 줘요?"

"너희 운이 좋아서 그래. 지금 건이만큼 딱 비은을 못하는 애도 없거든. 그러니까 공부하기 얼마나 좋으냐."

문원의 말에 소왕무와 대팔이 귀를 쫑긋 세웠다. 둘 다 무인인지라 문원의 말이 얼마나 달콤한 것인지 알고 있었다.

"자, 봐라. 내가 간단히 설명해 줄게. 요 비은이라는 게 뭐냐면, 쉽게 말해서 이런 거야."

문원이 대뜸 주먹을 휘둘렀다.

따닥!

"캬!"

"으악! 왜 때려요!"

소왕무와 대팔은 눈만 멀뚱히 뜨고 있다가 피하지도 못하고 꿀밤을 얻어맞았다. 어차피 피하려 해도 피할 수 없었겠지만.

"꿀밤이 비은이에요? 말도 안 되잖아요!"

"그게 아니고, 내가 요 주먹으로 소림의 속가제자라고 하기에도 창피한 너희들의 머리통을 때렸잖니? 그럼 머리를 때리려 움직인 게 비이고, 이 주먹이 은이 되는 셈이야."

소왕무와 대팔은 머리통을 붙들고 눈을 데굴데굴 굴렸다. 알 듯 말 듯 하면서도 이해하기가 어려웠다.

"……역시 환갑이나 되어야 이해할까 봐요."

"왕무 너는 그나마 환갑 되면 이해하겠구나…… 나는…… 어휴, 이놈의 돌머리."

문원은 어이가 없다는 얼굴로 혀를 찼다.

"너희가 정말 이번 기수 속가들 중에 최고가 맞는 거니?"

"그렇게 뜬구름 잡듯이 말하니까 모르겠잖아요. 그러니까 그게 비은이라고 쳐요. 근데 장건의 보이지도 않는 공격을 어떻게 원호 사백님께서 그냥 '뚜아!' 하고 파훼해 버리셨는지 그게 궁금하다구요, 우린."

문원이 뼈만 남은 앙상한 주먹을 흔들어 보였다. 소왕무와 대팔이 흠칫 놀라 주춤거렸다.

"때리려는 게 아니고. 봐봐, 비은의 관계를 생각해 봐야 해. 주먹이 없으면 꿀밤을 때릴 수 없을 테고, 꿀밤은 때리기 전에는 꿀밤이 되지 않으니까 비와 은은 절대 떨어져서 생각할 수 없겠지?"

"네."

"이 비라는 것은 일종의 넓은 작용을 이르는 셈이고, 은이라는 것은 작용의 실체라고 말할 수 있는 거야. 이를 무공에 대비하면 실체의 주먹, 권에 기가 실리는 작용을 순리라고 할 수 있어. 권에 기가 실리지 않으면 부조화한 것이요, 기가 권을 따르지 못하면 그 또한 부조화한 것이니까 비은의 순리에 어긋나게 된다~ 이 말이야."

거기까지 얘기한 후에야 소왕무와 대팔은 뭔가를 알아들은 듯 '어?' 하고 서로를 마주 보았다.

"그러고 보면 건이는……"

"움직임이 아예 없잖아?"

문원이 주름살이 가득한 얼굴로 히죽 웃었다.

"실체인 권이 있어도 휘둘러야 작용이 생기는 것이고, 거기에 또다시 실체인 기가 따르면서 자연스러운 작용이 더해지니 이것이 비은의 연속적이고 궁극적인 조화로움이야. 정종의 무학은 조화로울 때에 가장 큰 위력을 발휘하고, 그러한 조화가 내 안의 소우주와 저 먼 하늘의 대우주가 동시에 합일을 이룰 때 비로소 스스로 해탈에 오를 수 있는 길이 열리는 거야."

"……"

"……아! 끝이 좀 어려웠나?"

문원이 다시 히히 하고 아이처럼 웃었다.

"뭐, 건이 쟤는 몸의 움직임이 전혀 없는 채로 기가 따로 놀잖아. 기를 다스리는 능력은 매우 뛰어나지만, 신체적인 움직임이 따르지 않으니까 심하게 치우쳐서 조화가 깨진 상태거든. 그건 즉, 비은이 제대로 이루어지고 있지 않다는 뜻이지."

소왕무와 대팔이 화내듯 소리쳤다.

"진작 그렇게 말하면 되잖아요!"

"완전 알아듣기 쉽네!"

"아, 원래 그런 건 좀 어렵게 얘기해야 있어 보이고 그러잖냐."

"불목하니가 무슨 체면이요!"

"너희는 어쩜 머리도 나쁜데 마음까지 못됐니? 불목하니는 체면도 없니? 아, 그리고 지금에 그칠 게 아니라 원리 자체를 알아야 다른 현상에 적용을 할 거 아니냐."

소왕무가 투덜거리면서 물었다.

"알았어요, 알았어. 그럼 원호 사백님께서 건이의 공격을 세 번이나 파훼하신 건 부조화의 허점을 파고드신 건가요?"

"아까 말했듯이 치우친 것은 올곧은 것을 이길 수 없고, 그게 너희들이 자랑스럽게 여겨야 할 정종 무학의 강점이야. 건이의 수법은 은풍장의 수법과는 꽤 달라 보이지만, 결과적으로 몸이 따르지 않고 기의 운용에만 치우친 수법이라는 건 같아. 치우친 힘은 그보다 강한 힘을 이길 수 없고, 강한 힘은 조화로운 힘을 당할 수 없어. 원호 대사가 보여 준 게 그거야."

"아, 좀 쉽게요!"
"에이, 무식한 녀석들. 나머지는 너희들끼리 알아서 해라."
문원도 포기한 듯 손을 들어 버렸다.
그때 담 아래에서 누군가 소리쳤다.
"이 녀석들! 담 위에서 뭐하는 짓이냐! 썩 내려오지 못해?"
소왕무와 대팔이 엉거주춤 엎드리며 보니 무 자 배 사형이었다. 담에 함부로 올라 다녔으니 혼이 날 터였다.
"헤헤, 저희는 불목하니 할아버지와 얘기 중인데요."
"어디?"
"여기…… 어라?"
소왕무와 대팔이 옆을 가리켰는데, 거기에는 아무도 없었다. 무 자 배 승려가 혀를 찼다.
"네 녀석들이 요즘 행사 때문에 바빠서 정신이 없거나, 이 사형을 거짓말로 속이려 드는 것이거나 둘 중 하나겠구나!"
"거짓말 아니에요!"
"진짜예요! 방금까지 저희랑 얘기하고 있었단 말이에요."
"거짓말이 아니면 미친 거겠지. 당장 내려오지 못할까!"
"진짠데……."
소왕무와 대팔은 울상을 하고선 담을 내려왔다. 하지만 문원은 어디에도 없었다.
"정말로 귀신같은 할배네."

＊　　　＊　　　＊

　장건은 해가 중천을 지나 서산으로 떨어져 갈 때까지 아무도 없는 연무장에 혼자 앉아서 생각에 빠져 있었다.
　마해 곽모수가 허공에 점 하나를 찍은 수법과 원호의 사자후. 둘의 수법은 다르지만 어딘가 방식은 닮았다.
　이제 와 곰곰이 생각해 보니 유사함이 느껴진다.
　장건이 손을 들어서 휘휘 저어 보았다. 만져지거나 느껴지는 건 없지만 그렇다고 허공에 아무것도 없는 게 아니다.
　기가 있고 기의 흐름이 있다.
　장건이 공력화한 내공, 기는 몸 밖으로 나가면 흩어지려는 성질을 가지고 있다. 공기 중의 다른 기와 어울리려 하고 같은 농도로 퍼지려 한다. 그래서 몸 밖으로 기의 가닥을 뽑아내면 세밀한 조종이 필요한 것이다.
　마해 곽모수와 원호는 그것을 알고 있었다.
　그래서 곽모수는 공기 중에 기의 흐름을 불안정하게 만듦으로써 장건이 뽑아낸 기의 가닥에 영향을 주었다.
　신체에서 멀리 나와 있던 기의 가닥은 주변을 흐르던 기의 흐름이 요동을 치면서 급류에 휩쓸리듯 힘을 잃은 것이다.
　그에 비해 원호는 사자후를 질렀다. 사자후의 파동은 공기 중의 기 전체를 뒤흔들었지만 특히 장건이 뽑아낸 기의 가닥 자체에 직접적인 영향을 주었다.

지진이 일어나면 제대로 서 있기가 힘들 듯이 기의 가닥은 불안정한 대기 중에서 불안하게 뒤흔들리다가 제어를 벗어나 흩어지고 말았다.

곽모수는 아주 적은 조화의 힘으로, 원호는 강한 조화의 힘으로 기의 가닥을 무력화시키는 모습을 보여 준 것이다.

그러니까 결국 자신보다 깨달음이 높거나 내공이 깊은 사람을 상대로 기의 가닥을 써 봐야 아무 소용이 없다는 뜻이었다.

"그렇구나……."

잘 생각해 보면 심지어 검성조차 공명검을 쓰면서 아주 약간의 움직임을 보여 주지 않았는가.

―몸이 따르지 않는 기의 운용은 토대가 없이 지은 집과 같아서 언제라도 쉽게 무너질 수밖에 없는 것이다.

원호는 그것이 은풍장이 자주 쓰이지 않는 이유라고 말했다. 드는 힘에 비해 효과가 떨어지며, 상대가 눈치채는 순간 무용지물이 되어 버리는 까닭이다.

'그래, 내가 너무 기의 운용에만 치우쳐 있던 건 사실이야. 장풍을 쏠 때도 손을 들어서 손바닥을 펼치는 동작이 다 필요한 이유가 있는 거겠지.'

그러니까 손에 목검을 들었는데도 쓸 수가 없었던 것 같다. 움직일 필요가 없는데 굳이 목검을 움직여야 한다는 사실에 너무 심한 거부감을 느끼고 있어서 몸이 굳어 버린 게 확실하다.

정말 어이없는 일이다.

"하아! 어렵다!"

장건은 뒤로 벌러덩 누웠다.

오황이 말한 것이 떠오른다. 혼돈이 질서를, 질서가 혼돈을 다시 찾아간다는 얘기.

하긴 그 음주 사건이 있은 후에 장건은 이상하게 손을 자주 쓰게 되었다. 기의 가닥을 마음먹은 대로 조종할 수 있게 되면서 거의 쓰지 않던 손을 말이다.

"그런가?"

장건은 볼을 부풀렸다.

머리로는 이해하지 못하고 있었으나 몸은 알고 있었던 것이다. 지금의 길이 결코 옳은 길이 아니라는 것을.

"조화와 혼돈…… 질서…… 비은…… 모든 게 다 다른 개념인 것 같으면서도 하나의 목적지로 통해 있는 것 같아. 그게 어디일까? 무공의 끝이라는 게 있다면 거기를 향하는 건가?"

장건이 혼잣말을 하다가 갑자기 기의 가닥을 펼쳐서 땅을 짚고 벌떡 일어섰다. 그러나 기의 가닥이 휘청이면서 장건은 그대로 엉덩방아를 찧고 말았다.

"아야야."

"쯧쯧쯧, 생각이 복잡하니 몸도 둔해졌구나."

언제 나타났는지 오황이 연무장으로 들어서고 있었다.

"아직도 혼돈 중인 녀석이 무슨 무공의 끝을 운운하는 게냐? 윤가 놈의 공명검도 아직은 가는 길목에 불과하거늘."

장건은 엉덩이에 박힌 돌조각을 털어 냈다.

"아야…… 하필 거기 돌이…… 근데 오황 할아버지는 여기 웬일이세요?"

"원호 대사를 만나러 왔다가 널 보고 잠깐 들렀다. 뭐, 듣자 하니 신 나게 얻어터졌다면서? 어이쿠! 머리의 혹 좀 봐라? 이 단이냐, 삼 단이냐?"

장건은 뾰루퉁한 표정으로 정수리의 혹을 매만졌다. 운기조식을 하며 환부를 많이 가라앉히긴 했는데 여전히 부어 있었다.

"거, 아무리 그래도 소림의 장문인이 될 사람이 무 자 배 제자들이랑 똑같겠냐? 무슨 깡다구로 덤벼, 덤비긴."

"제가 덤비고 싶어서 덤빈 거 아니거든요?"

"원호 대사가 맺힌 게 많았나 보구나. 대충 봐도 아주 그냥 엄청 아파 보인다."

오황이 낄낄대자 장건은 뺨을 잔뜩 부풀렸다.

"삐쳤냐?"

"아뇨."

"삐쳤는데?"

"안 삐쳤거든요!"

장건은 씩씩대다가 갑자기 정색을 하더니 물었다.

"근데 오황 할아버지."

"응? 왜?"

"무공의 도리는 여러 가지 학문과 맞닿아 있잖아요?"

"그렇지."

"상인들의 도리에도 그게 연관이 될까요?"

"다 적용되지는 않더라도 연관은 있지 않겠느냐? 원래가 이치라는 것은 하나인데 여러 형태로 나타나는 것뿐이다만."

"아아, 제가 심마에 들었었다는 걸 이제 확실하게 알겠네요."

"……엉뚱하게 이제 와서 무슨 소리냐?"

"아무런 투자도 없이 물건을 구해서 파는 상인은 나쁜 거겠죠?"

"두말하면 입 아프지. 그런 건 그냥 도둑놈이야. 칼만 안 들었지 날강도랑 다를 게 뭐냐."

"그렇다고 너무 많은 돈을 주고 물건을 사 와서 팔면 상인이라고 할 수 없겠죠?"

오황이 떨떠름하게 고개를 끄덕였다.

"그렇겠지. 아무리 인의고 나발이고 해도 상인의 목적은 결국 이익을 내는 것이 아니겠느냐."

"그렇죠…… 아, 난 왜 자꾸 그걸 까먹지. 예전에 분명 알고 있었던 건데…… 그니까 결국 최소한으로 투자를 해서 최대의 효율을 내는 게 진정한 상인의 모습이라고 몇 번이나 되새김질을 했는데. 후아! 집에 갈 날도 멀지 않은데 대체 이게 무슨 바보 같은 꼴이람."

괜히 혼자서 중얼거리며 열을 내던 장건이 한숨을 푹 내쉬었다. 그러더니 오황에게 꾸벅 허리를 숙여 인사를 했다.

"저는 일 좀 도우러 갈게요. 내일 봬요."

"그, 그래라."

장건은 특유의 나무토막 같은 걸음으로 미끄러지듯 연무장을 나가 계율원을 벗어난다. 거기까지는 예전과 별다를 바가 없긴 했다. 그런데 어딘가 모르게 바뀌었다는 인상이 든다.

"애가 갑자기 활기를 되찾았네?"

그것은 장건에게 내적인 변화가 있음을, 즉 무언가 깨달음을 얻었다는 뜻이다.

"수상한데? 어떻게 갑자기 저리 되었지?"

오황은 이상하게 생각하며 계율원 내로 걸음을 옮겼다. 이미 오황이 온 것을 알고 있던 무진이 문 앞으로 마중을 나와 있었다.

"어르신, 가셨던 일은 잘되셨습니까?"

"그래. 뭐, 생각보다 잘되었네. 너무 잘되어서 다소 찜찜한 구석이 있긴 하네만……."
"예?"
"그건 들어가서 얘기하지."
"알겠습니다. 안으로 드시지요."
"그래."

원호와 무진이 바삐 안으로 들었다. 얼마 지나지 않아 원주들도 연락을 받고 모여들기 시작했다.

이제 당장 오늘 밤만 지나면 내일이 진산식이라는 걸 모두 자각하고 있어 긴장하는 얼굴들이다.

소림이 내놓은 비장의 한 수 진산식.

강호 무림 역사의 한 시대를 접고 새로운 시대를 여는 장.

신진들의 활약과 건승을 기원하며 물러나는 기성에게 아낌없는 박수를 보내야 할 화합의 장.

그러나 너무나 많은 사람의 꿈과 삶이 달려 있어 단순한 축제의 장이 될 수 없는 씁쓸함을 안고…….

그렇게 소림의 하루는 저물어 가고 있었다.

*　　*　　*

관청의 통로는 대문만큼이나 매우 좁게 지어져 있다. 양옆으로 높이 쌓인 담 사이 좁은 길로 걷다 보면 갇힌 느낌마저 들게 한다.

무이포신 종암은 묵묵히 좁은 길을 걸었다. 관청을 가로질러 이문과 택문을 지나 별규(別奎)라고 적인 현판 아래 쪽문을 지났다.

관청의 손님들이 머무는 작은 별채가 있는 곳이다.

종암이 쪽문을 지나는 순간 보이지 않는 기운들이 종암을 향해 쏘아졌다.

담벼락 위, 수풀, 기둥 뒤.

종암은 태연히 시선을 받으며 별채의 방 앞으로 걸어갔다. 방문 앞에 서 있던 날카로운 기세의 한 남자가 종암을 바라보았다.

피부가 창백하리만치 하얀데 입술만 새빨개 기괴한 인상의 남자다. 평범한 키인데 바싹 말라 호리호리하게 보이고, 기이한 인상 탓에 나이를 도무지 종잡을 수 없이 보인다. 이십 대인지, 사십 대의 중년인지, 아니면 환갑은 넘었는지 좀처럼 알기 힘들다.

한 가지 확실한 건 그 무인이 결코 얕잡아 볼 수 없는 실력이라는 것이다. 은연중에 슬쩍슬쩍 풍기는 기세는 강호에서 흔히 찾아보기 어려운 예리함이 있었다.

종암이 남자의 앞에 서서 고개를 끄덕이자, 그제야 남자가 옆으로 비켜 주고 따갑던 시선들도 사라진다.

백귀살…… 이라는 별칭으로 불리던 남자다.

종암은 방문을 열고 들어섰다.

방 안에는 궁장도 아닌 희한하게 치렁거리는 호복을 입은 이가 침상에 비스듬히 앉아 있었다. 붓을 들고 뭔가를 열심히 그리는데 몸이 온통 먹물투성이다.
　"아아, 잘 안 되네. 중원의 서화는 생각보다 어렵군요."
　별다른 인사도 없이 고개를 들어 종암을 바라보는데 종암은 절로 인상을 썼다.
　눈앞에 있는 이는 평범한 이가 아니다. 신분도 그렇지만 생김새도 평범하지 않다. 살짝 은가루를 뿌린 듯 은은히 빛나는 은발과 눈동자부터가 심히 괴이쩍다.
　그런 특이한 생김에도 미인이라는 사실은 부정할 수 없었다. 물론 상수(上壽)로 근 백이 다 되어 가는 나이에 단순한 미색에 홀릴 리는 없건만, 그것만으로 특정 짓기 어려운 무언가가 소궁주에게 있었다.
　북해빙궁의 소궁주, 야용비가 얼굴에도 여기저기 먹물을 묻힌 채 방긋 웃었다.
　"얘기가 끝났군요?"
　"얘기는 아까 끝났소. 집무가 있어 이제 온 거요."
　"우내십존의 이목을 그런 식으로 속이다니, 심계가 제법이군요. 아니⋯⋯ 중원 무림을 지탱하고 있는 우내십존이라고 해도 이젠 이빨 빠진 호랑이기 때문인가요?"
　"자운은 그리 쉽게 속을 이가 아니오. 덕분에 유 부장이 힘을 썼소. 그가 아니었다면 자운은 당신네들의 기척을 알아챘을 것이오."

 같은 우내십존이라서, 따위의 얘기는 하지 않았다. 그런 얘기를 타국의 사람에게 한다는 것 자체가 자존심 상하는 일이다. 그저 눈살을 찌푸리는 것만으로 자신의 심정을 대변했다.

 "제가 기분을 나쁘게 한 모양이네요. 그래요, 소림사에서는 무엇을 들고 왔지요?"

 "향후 십 년간, 소림의 무공을 가르칠 교두를 파견한다 하오."

 야용비가 눈을 동그랗게 떴다. 그러더니 눈웃음을 쳤다. 평범한 남자들이라면 정신을 못 차릴 미색이었다.

 "풋, 정말로 소림사에서 그런 조건을 걸었다는 건가요? 제 목을 조르는 줄도 모르고요?"

 "대신 지난번 일은 묻기로 했소."

 "그거야 별 상관없잖아요. 이 투서대로라면요. 소림사도 어지간히 적이 많은가 봐요."

 야용비가 선지 옆에 두고 있던 서찰을 집어 들었다. 서찰의 여기저기에도 먹물이 묻어 있다. 종암이 다시 눈살을 찌푸렸다. 중요한 증거가 되는 서찰을 함부로 다룬 것이 마음에 들지 않아서다. 더군다나 그 서찰은 자신의 앞으로 온 것을 보라고 준 것이었다.

 종암이 가만 보니 야용비가 선지에 이리저리 잔뜩 쓰고 있는 게 서찰에 쓰인 글씨를 흉내 내는 중인 모양이었다.

"고수들은 대부분 시서화에 능하다죠?"
"그렇소."
"그렇다면 이 필체를 보고 누구인지 짐작할 수 있나요?"
"……"
"이런 비사를 알고 있고, 또 소림사에 원한이 있는 자라면 우리에겐 큰 도움이 될 텐데요. 더구나…… 이렇게 자신을 드러내려는 사람이라면 말이에요."

야용비가 서찰을 쫙 펼쳤다.

서찰에 쓰인 글씨는 매우 기괴했다. 잘 쓴 글씨도 아니고 뭔가 삐죽거리는데 일부분의 글자는 뭉개진 듯 붓으로 꾹꾹 눌려 있어서 이상한 느낌이 들었다.

평범한 필체가 아니었다.

"정말 아름답지 못한 글씨죠."

야용비가 투정을 부리듯 말했다.

"따라 쓰기 아주 어렵더군요, 이 글씨들. 필법이 아니라 붓을 빌어 검법으로 글씨를 쓰다니요. 참으로 짓궂은 면이 있는 투서잖아요."

"검법이 아니오."
"네?"
"장법이오."
"거짓말……."

야용비가 섬섬옥수를 들어 벼루에 푹 담그더니 선지에 마구 휘저어 글씨를 쓴다. 선지는 순식간에 엉망이 되고 무엇을 썼는지도 모르게 먹물투성이가 되어 버렸다.

"안 되잖아요."

뾰루퉁하게 입을 내미는 모습이 할아버지에게 투정을 부리는 아이 같았다.

종암은 아예 인상을 쓴 채로 얼굴을 굳혀 버렸다.

"손으로 썼다고는 하지 않았소. 소궁주가 말하는 그런 고수라면 손에 붓을 들어도 어떤 무공이든 표현해 낼 것이오."

"……아!"

야용비는 어깨를 으쓱하더니 개구쟁이처럼 웃으면서 침상의 이불에 손을 닦았다.

"하지만 이걸 장법이라고 우겨도 저는 알아볼 재간이 없군요."

"의심할 필요 없소. 그건 전진파(全眞派)의 보극대삼락(輔極大三落)이라는 장법이오. 몇 가지의 무공이 더 사용되었으나, 그것까지 알 필요는 없을 것이오."

야용비는 신비한 느낌으로 웃었다.

"중요한 건 전진파로군요…… 그렇다면 종 어사(御史)께선 확실히 이 투서의 주인이 누군지 알고 계시다는 뜻이겠군요? 물론 상대도 또한 종 어사를 알고 있고."

"……그럴 것이오."

"우리 일에 도움이 될까요?"

"우선은 다른 경로로 접촉하여 볼 것이오. 매우 위험한 자이니만큼 신중해야 할 터."

"그런 경로라면 이미 이쪽에 준비되어 있지요. 잊으셨는가요?"

"그쪽은 화산의……"

"어차피 대외적인 부분은 모두 육검문에서 맡길 예정이었으니 그 수가 한둘쯤 늘어난다고 해서 달라질 건 없겠죠. 단, 연락 창구는 단일화해야 합니다. 저희 쪽에서 완벽히 통제할 수 있도록 전진파의 장법을 쓰는 그자에 대한 정보를 넘겨주셔야겠습니다."

종암이 눈을 가늘게 뜨고 야용비를 쳐다보았다.

"그야 어렵지 않지. 내가 생각하는 그자가 맞다면, 오히려 그자를 다루는 일이 어려울 뿐."

야용비가 깔깔대고 웃었다.

"천하의 대계를 두고 어렵니 마니 하는 것은 전혀 어울리지 않는 말이로군요. 대계에는 그만한 위험과 대가가 따르는 법이죠."

"그 말에는 검성도 포함되어 있는 것이오?"

"물론이죠."

"정말 검성을 설득할 수 있을 거라 생각하는 것이오?"

"아니어도 할 수 없죠. 우리야 잃을 게 없잖아요."

"검성이 폭주하면 육검문이 세상에서 지워질 것이오."

"그러니까 잃을 게 없는 거죠. 육검문이 지워진다면 우리는 꼬리를 잃는 셈이지만, 중원에는 천하제일의 살성이 등장하게 되는 거니까요. 하지만."

야용비가 종암을 쳐다보며 말했다.

"제가 아는 한, 그런 일은 없을 것 같군요. 그들에겐 피가 흘러요. 세상의 그 어떤 제약이나 조건도 막을 수 없는 피가. 그래서 싸워야 할 이유가 생기면 놓치지 않을 거예요. 마치…… 그때의 종 어사처럼 말이죠."

종암이 '음.' 하고 낮은 신음 소리를 냈다.

야용비의 말은 부정할 수 없는 사실이었다. 북해의 인물들을 처음 만나 본 그때…… 종암은 분명 그러했다.

곧 야용비가 소름이 끼치도록 매혹적인 미소를 지으며 말했다.

"자, 이미 미끼는 던져 두었으니까 어쨌거나 오늘 밤이 지나면 알 수 있게 되겠지요. 우리가 검성이란 말을 움직일 수 있게 될지, 어떨지. 정말 기대되는 밤이군요."

* * *

삼문협(三門峽).

전설에 따르면 우왕(禹王)이 높은 산을 깎아 내고 인문(人門), 신문(神門), 귀문(鬼門)이라는 세 협곡을 만들었기에 삼문협이라 부르게 되었다 한다.

 황하의 물길이 거센 급류가 되기 전 지나는 마지막 지역으로 고대 왕조의 중심지이며 서역으로 통하는 관문이기도 하다.

 그리고······.

 눈에 넣어도 아프지 않을 검성 윤언강의 제자 문사명의 흔적이 마지막으로 끊긴 곳이기도 하다.

 본래 사고가 난 곳은 삼문협과 함곡관의 중간에 위치한 영보현 내에서였다. 강호행을 하던 육검문의 제자들과 문사명이 어울리다가 북해의 특사와 맞부딪친 곳이다.

 그러나 윤언강은 영보현에서 무너진 객잔을 한 번 휘둘러 보더니 바로 자리를 떠났다.

 그리고 놀랍게도 대번에 삼문협까지 문사명의 흔적을 쫓아 달려온 것이다.

 시커먼 어둠이 내려앉은 삼문협의 깊은 밤.

 콰콰콰콰.

 거친 물소리가 귓전을 때리며 지나간다.

 크고 작은 산을 위병처럼 양옆으로 세워 둔 협곡의 아래, 황하의 물줄기를 세 갈래로 가르는 크지 않은 돌섬이 있다. 지주(砥柱)라고 부르는 이 돌섬은 사람 수백 명이 설 수 있을 정도의 크기다.

 이 돌섬에는 여러 개의 거대한 말뚝이 박혀 있고, 말뚝은 한쪽 강가에 굵은 쇠사슬로 연결되어 있다. 서안(西安)으로 거슬러 올라야 할 배가 도착하면 수십 명의 인부들이 이 쇠사슬에 배를 연결해 끌어당기는 것이다.

어이없게도 검성 윤언강은 그 쇠사슬의 위에 서 있었다.

워낙 급류가 거세어서 어지간한 사람들은 헤엄쳐 건널 엄두도 못 낸다는 삼문협 황하 물줄기의 한가운데, 그 위를 아슬아슬하게 가로지른 쇠사슬 위에 서 있는 것이다.

콰아아아—

광란하는 수소처럼 황하의 물살이 쉴 틈 없이 밀려와 쇠사슬을 때리며 비명을 질러 댄다. 물살은 밤의 흑암과 쏟아지는 달빛에 부서지며 굵은 쇠사슬을 연신 출렁이게 만들고 있다.

그러나 윤언강은 조금의 불안감이나 흔들림도 없이 서 있을 따름이다. 칠흑 같은 밤인 데다 지속적으로 튀어 오르는 물결의 파란에 시커먼 쇠사슬은 잘 보이지도 않는다. 잘 모르는 이가 본다면 윤언강이 황하의 물 위에 떠 있다고 생각할 터였다.

그러나 누가 뭐라고 하든 윤언강은 신경 쓰지 않을 듯한 태도다. 말도 안 되는 풍랑과 쇠사슬의 흔들림 속에서도 담담히 기다릴 뿐이다.

끼이익! 끼이익!

얼마 지나지 않아 거친 밤의 물살과 급류가 토해 내는 비명의 사이로 귀를 거슬리는 작은 소음이 들려온다.

노 젓는 소리다.

제아무리 어두운 밤이라도 윤언강의 이목을 피할 수는 없다.

윤언강의 시선이 소리가 들려온 방향을 향한다.

황하를 거슬러 작은 쪽배 하나가 오르고 있다. 사람 한 명이 겨우 탈 작은 쪽배다.

그런 쪽배가 믿을 수 없게도 도저히 감당할 수 없을 물살을 헤치면서 거꾸로 오는 중인 것이다!

끼익, 끼익.

노를 저어 올라온 쪽배는 이윽고 돌섬에 도착했다. 노를 젓던 이가 배에서 내려 말뚝에 배를 묶어 놓고는 윤언강 쪽을 바라본다.

"와 계셨소이까?"

콰콰콰, 하고 울부짖는 파도 소리가 골을 뒤흔들 정도로 울리는 가운데, 음험하기 짝이 없는 아주 낮은 목소리가 귓가에 날아와 똑똑하게 맺히고 있었다.

"그쪽은 꽤 위험해 보이는군요. 이쪽으로 건너오시지요."

낮은 목소리인데도 거센 물살의 소음을 완벽히 뚫고 윤언강의 귀에 들려온다. 어지간한 공력으로는 할 수 없는 일이다. 강호 무림에서 백 명의 고수를 꼽는다면 그 정도나 할 수 있을 만한 수법이다.

윤언강은 가볍게 코웃음을 쳤다.

드디어 그를 이곳으로 오게 만든, 흑막(黑幕)의 일부가 모습을 드러내었다.

〈다음 권에 계속〉